Valérie Zenatti est née à Nice en 1970. Elle se consacre à la traduction, notamment des ouvrages de Aharon Appelfeld, et à l'écriture. *En retard pour la guerre*, adapté au cinéma par Alain Tasma sous le titre *Ultimatum*, est son premier roman.

Valérie Zenatti

ULTIMATUM
(En retard pour la guerre)

Éditions de l'Olivier

TEXTE INTÉGRAL

ISBN 978-2-7578-1092-7
(ISBN 2-87929-512-2, 1re publication)

Gratitude
À Virginie Kharouby, pour les clés dans la doublure de son manteau,
À Lina Cohen, pour d'autres clés,
À la porte ouverte.

V. Z.

« J'ai vu les miroirs face aux visages
qui ont refusé d'exister : c'était le temps,
c'était la mer, la lumière, la colère »

ANTONIO GAMONEDA

I

Elle écosse des haricots avec sa mère. Des haricots cocos. Quel drôle de nom, pense-t-elle. Et elle chantonne. Des petits pois poipois, des haricots verts ververts.

La mère est grande. Si grande qu'elle n'a pas besoin de se mettre sur la pointe des pieds, ni de lever les bras pour atteindre les casseroles accrochées au mur. Il y a en cinq, alignées de la plus petite à la plus grande, de gauche à droite, mais elle peut aussi les regarder de droite à gauche. Elle aime contempler les casseroles brillantes et rondes. Lorsque l'une d'elles manque à son crochet, elle se sent envahie par un mélange de tristesse et de contrariété. Elle propose alors d'aider son père à laver la vaisselle. Un trou d'impatience se niche dans son ventre, qui s'apaise lorsque le saut de taille entre les ustensiles est de nouveau régulier.

Elle tire le fil qui court le long de la cosse puis exerce une légère pression vers les côtés des deux pouces. Elle sent sous ses doigts les graines lisses, prêtes à bondir avant de tomber dans le saladier, comme une petite grêle. Il lui semble chaque fois qu'elle va découvrir une surprise, quelque chose d'inattendu, de magique peut-être. Elle s'attendrit quand, tout au bout de la cosse béante, obscène presque, elle trouve un minuscule haricot, un bébé haricot qu'elle croque vite, avec la crainte inexplicable d'être vue. Le grain éclate sous ses dents, un léger goût sucré, un peu âpre et frais se colle à son palais. Elle fronce les sourcils lorsqu'une graine noire et rabougrie surgit soudain d'une cosse apparemment saine. La pourriture existe. Dissimulée, noire et gluante.

Ses petits doigts sont très agiles. Ils savent équeuter, écosser, travailler les serpentins que lui donne la mère de sa mère pour préparer les minuscules pâtes que l'on mange le soir du 9 Av, date anniversaire de la destruction du Temple de Jérusalem. Cette journée – la plus triste de l'année pour les Juifs, lui a dit un jour sa grand-mère – est pour elle celle d'une gloire dont elle s'enveloppe avec fierté : elle a fabriqué le repas du soir de ses mains, le repas qui rompt le jeûne, et pendant que les grandes personnes se coupent la parole sur des sujets qui les rendent rouges, crispées, hilares ou pensives, elle s'amuse à séparer dans son assiette ses pâtes, courtes et dodues, de celles, fines et pointues, de sa grand-mère.

Cette dernière appelle les pâtes des « langues d'oiseaux ». Elle accompagne ces mots d'un regard gourmand. Constance aime les pâtes, mais elle n'aime pas leur nom. Les oiseaux lui font peur. Les pattes griffues, la tête lisse qui pivote très vite. Le bec, bien sûr. Les yeux ronds et inexpressifs. Ni joie ni peine mais une indifférence qui luit comme une menace.

Les oiseaux, les pigeons surtout, c'est la mort dans les rues, dans les caniveaux, tas de plumes sans vie et affaissés, ou aplatis sur le bitume. Une tête, du sang, un corps sans épaisseur, une silhouette immobile, une aile à moitié dressée vers le ciel, un cœur qui a cessé de battre, des taches brunes et sèches.

– Maman, demande-t-elle soudain, pourquoi vous m'avez appelée Constance ?

– Ça ne te plaît pas, ma chérie ?

Elle fait une petite moue :

– Je ne sais pas. C'est un drôle de prénom. Je ne connais personne qui s'appelle comme ça.

– Justement. C'est très bien de ne pas être comme tout le monde. Tu aurais aimé t'appeler comment ?

– Émilie !

La mère sourit, l'air entendu. Ce sourire crispe Constance. Il lui vole quelque chose dont elle n'a pas conscience. Elle ne comprend pas ce dont il s'agit, ellc voudrait garder pour elle ce mystère, être seule à l'éclaircir. Sa mère, pendant ce temps, a continué de parler.

– Voilà. Constance, ça sonne joli. Noble. Et ça veut dire aussi que tu seras d'humeur égale. Toujours.

Elle s'efforce de se souvenir du moment précis où elle a su mais en vain. Elle voudrait que la mémoire soit un grand livre avec une page pour chaque jour. Tout y serait inscrit, annoté et même illustré. On ne pourrait rien oublier, notre vie nous appartiendrait. Sa grand-mère lui a raconté un jour l'histoire d'un roi perse qui, lorsqu'il avait une insomnie, réclamait les livres dans lesquels la chronique de son règne était relatée au jour le jour. Il savait ainsi ce qui avait été accompli et ce qui restait à faire. Puis il prenait de sages décisions et s'endormait.

Ses parents se souviennent d'elle bébé et elle non. De quel droit en savent-ils plus qu'elle sur sa vie ?

Juste après la rentrée, sa mère lui a dit : Bientôt, tu auras un petit frère, ou une petite sœur. Les mots ont circulé dans son corps comme de joyeux danseurs, respirer est devenu soudain un plaisir. Elle a été inondée par une grande joie.

Dans sa classe il y a une fille, Lunabella, qui a eu une sœur durant l'été. Depuis, elle parle comme une grande personne, en relevant le menton, le regard vif, accentuant la dernière syllabe de certains mots d'une voix pointue. Elle dit par exemple, en passant la main dans ses cheveux : Je vais avoir un mal fou à réussir ma dictée, ma petite sœur fait ses dents en ce moment, je n'ai pas dormi de la nuit ! Ou bien, avec un rire de gorge : Ma petite sœur m'adore. Elle se calme dès que je la prends dans mes bras.

Bientôt, ce sera le tour de Constance. Elle sera auréolée du même éclat que Lunabella, jouira des mêmes privilèges. Ses cheveux vont peut-être changer, devenir lisses et brillants, faciles à coiffer. Sa mère acceptera peut-être enfin de lui acheter des vêtements aux Galeries Lafayette, des salopettes roses, des blouses amples et brodées et, pourquoi pas, un jean, le même que celui de Lunabella, avec des poches plaquées sur les fesses pour y glisser les mains en se cambrant. Bientôt, Constance aura un bébé, elle et Lunabella pousseront côte à côte landaus et poussettes, et elles riront ensemble de savoir tant de choses sur la vie.

Constance réfléchit. On lui a dit que le bébé arriverait en mars, dans deux mois. Elle dit « mon bébé » en secret, parce qu'elle est sûre qu'elle l'aimera plus que quiconque. Lorsqu'elle pose les mains sur le ventre de sa mère, elle sent des bosses onduler, une masse informe qui se rétracte, et parfois disparaît. Elle en veut au bébé de la fuir, ce contact avec la vie invisible lui donne des frissons, mais il n'en fait qu'à sa tête. Le soir, dans son lit, elle glisse une main sous sa chemise de nuit pour reproduire les mouvements du bébé, mais ce n'est pas du tout la même sensation. Elle est sûre que c'est une fille. Chaque jour, elle écrira dans un cahier les événements de sa vie, elle retrouvera ainsi la mémoire et percera l'énigme des premières années, années d'oubli.

Elle compte sur ses doigts : un, deux, trois, quatre, cinq, six, sept, huit, neuf, le bébé devrait être bientôt là, remplir la maison de ses rires et de ses pleurs, aimer Constance et l'admirer plus que tout. Sa chambre est prête. Constance ne se lasse pas de contempler le berceau blanc, la table à langer, l'armoire avec des lapins marron sur les portes où sont empilées des serviettes douces et un peignoir de bain miniature.

La sœur de Lunabella ne pourrait jamais porter ce vêtement : elle est déjà trop grande. Le bébé de Constance, lui, ne grandira pas trop vite. Il gardera longtemps ses doigts minuscules. Elle caresse le dessus de sa main et pense à la peau fine, aux doigts roses. La voix de sa mère la fait sursauter.

– Ma chérie, prépare un petit sac. Tu vas chez Édith et Henri pour le week-end.

Quelque chose en elle se met à trembler. Son sang reflue vers le cœur. La main qu'elle était en train de caresser devient moite, un nœud se forme dans son ventre, elle est fébrile, toute renversée à l'intérieur. Sa mère ne remarque rien. Elle a les traits tirés, des cernes, les cheveux plus plats qu'à l'ordinaire. Constance hésite à la trouver laide. C'est une pensée qui l'effraie. Elle fixe le ventre qui n'en finit pas de s'élargir, s'arrondir, porter. Il lui semble à présent que sa mère a toujours été enceinte, et qu'elle le restera à jamais. Elle lève les yeux vers le visage fatigué.

– Je peux dire au revoir à ma petite sœur, avant de partir ?

La mère hoche la tête. Son regard est soudain aveugle, et ses joues ont pris feu. Constance enlace le grand corps, incline la tête vers la robe à fleurs, pose délicatement les lèvres sur le tissu et chuchote :

– Tu as intérêt à ne pas venir pendant mon absence, toi.

Puis elle fourre dans son sac son ours bleu, sa boîte à bijoux, son recueil des *Contes* d'Andersen.

Ils ont un jardin. Une tonnelle couverte de glycine, un lilas qui sent bon, et le mimosa du voisin qui déploie ses branches chez eux. Le seul mimosa de Paris, se rengorg,ent-ils, comme s'ils étaient à l'origine de ce prodige. Elle en arrache un brin en jetant des regards rapides autour d'elle, contemple les soleils de velours dansants, les effleure avec la pulpe de ses doigts. Elle saisit le brin entre le pouce et l'index, le promène sur sa joue, pense à la peau de son bébé.

– Nous passons à table, Constance, dit la voix de la tante dans l'embrasure de la porte-fenêtre. Va donc te laver les mains.

Elle fourre le brin de mimosa dans sa poche et se dirige vers la salle de bains. Elle n'utilise pas de savon, à peine un peu d'eau, pour que la poudre jaune reste sur ses doigts. La tante apporte un plat fumant, tandis que l'oncle parle tout seul du président de la République, qui a le don de le fâcher. Elle a un haut-le-cœur devant son assiette remplie d'une purée fade.

– J'aime pas les baies de genièvre, murmure-t-elle, à voix suffisamment basse pour ne pas être entendue.

Du bout de sa fourchette, elle prélève un peu de purée et l'aspire vers la gorge. Trier les baies. Les glisser discrètement sous la purée. Avoir le courage d'en laisser dans l'assiette. Se préparer à dire : J'ai mangé un grand goûter chez maman, je n'ai pas très faim. Mais l'oncle observe le stratagème du coin de son œil bleu-gris :

– On termine son assiette, chez nous, gronde-t-il dans un sourire.

Elle entasse dans son gosier la colonie de baies qui semblent avoir proliféré, engloutit le reste du repas sans mâcher, sans penser, en se concentrant sur l'idée qu'elle n'existe pas, qu'elle n'est pas là, et que cela n'a pas lieu.

Des hoquets sauvages l'arrachent à son sommeil. Un torrent s'échappe de sa bouche élargie démesurément, les commissures de ses lèvres sont douloureuses, ses mâchoires disloquées. Un monstre s'agite dans son ventre, se débat, se met en boule pour jaillir brutalement hors d'elle, soulevant sa poitrine avec une force inouïe. Il déchire ses entrailles dans une traînée acide, menace de faire exploser sa cage thoracique. Les yeux mouillés. La rage. L'appréhension qui rampe dans son corps dévasté.

La tante grimpe sur un tabouret pour tirer du haut de l'armoire des draps et une couverture propres. L'oncle dit :

– Viens, je vais te donner une douche.

Elle le suit.

Les larges mains insistent pour la laver, la toucher là où ça gêne, la partie de son corps jamais nommée. Il appuie, fait entrer en elle des flammes qui s'agitent avec une férocité telle que son cœur cesse de battre un instant. Elle est prise d'une violente envie de faire pipi, se contracte tout entière pour se retenir, pour échapper à la honte terrible. Ses jambes tremblent, on dirait qu'elles vont pleurer.

Un gouffre s'est ouvert sous elle. Le vertige se répand. Elle vacille. Un ordre venu d'on ne sait où se fraie un passage dans la nuit noire et lui dit qu'il serait mortel d'y tomber.

Puis la limace dure et visqueuse vers laquelle il guide ses petites mains en exerçant une pression implacable qui tue dans l'œuf toute tentative de résistance. Le va-et-vient qu'il impose à ses mains potelées, longtemps.

Un silence opaque se fige en elle. L'eau de la douche coule toujours mais il lui semble que c'est ailleurs. Et le goût de vomi sucré ineffaçable de sa bouche, de sa gorge, qui va imprégner son corps à jamais.

Le lendemain soir ils la raccompagnent chez elle à pied. La marche, c'est comme les fruits, ça fait du bien au corps, dit l'oncle. Elle se tient bien droite, regarde devant elle, essaie d'oublier qu'elle se sent si sale, et si abîmée. Il lui semble qu'un morceau de pomme est resté coincé dans sa poitrine quand elle a vomi, il la gêne lorsqu'elle respire. Pourtant, elle n'a pas mangé de pomme, elle en est certaine.

Elle pense : Si je ressens ce qui n'existe pas, alors je ne ressens peut-être pas ce qui existe. Elle se demande aussi si elle est vraiment vivante. Personne ne peut prouver ce genre de chose, pas même les adultes.

La tante lui tient la main. Constance sent les doigts longs et durs contre sa paume, la peau sèche, un peu rugueuse. Je t'aime comme si tu étais ma fille, a-t-elle dit ce matin en la coiffant. Puis elle l'a serrée très fort dans ses bras maigres.

Bientôt, ma petite sœur sera là. Demain, peut-être. Mercredi, ma petite sœur sera là. Si ce n'est pas mercredi, elle sera là jeudi. Quand ma petite sœur sera là, je n'irai plus chez eux. Quand ma petite sœur sera là, je l'empêcherai d'aller chez l'oncle. Je lui raconterai l'histoire de la Petite Sirène. Elle l'aimera tendrement, comme moi. Elle aura le cœur brisé, comme moi. Elle voudra entrer dans le livre, dire au prince la vérité, parler à la place de la jolie sirène muette.

Ils sont au bas de l'immeuble. Constance lève la tête. Au quatrième étage, vers la droite, brille la fenêtre du salon. On distingue l'ombre du grand ficus. Le morceau de pomme rétrécit un peu dans sa poitrine. Elle pousse un soupir.

L'oncle et la tante disent au père et à la mère que le week-end s'est très bien passé. Que la petite s'est beaucoup amusée dans le jardin. Qu'elle a été très sage.

– Ah oui, ajoute la tante. Elle a vomi hier soir. Je pense qu'elle avait mangé un peu trop vite. Ou bien c'était peut-être autre chose, murmure-t-elle, en esquissant un clin d'œil en direction de sa sœur.

Le clin d'œil n'échappe pas à Constance. Tout comme le léger mouvement du menton en direction du ventre de la mère. Il est moins gros. Moins tendu.

II

– *Happy New Year*, bande de mécréants ! *Happy New Year !* Et n'oubliez pas : bientôt, le grand feu d'artifice ! La guerre ! La guerre ! *Happy New Year*, proxénètes et filles perdues ! Et joyeuse guerre !

Longue chemise blanche sur pantalon flottant noir, gilet de laine frangé, cheveux hirsutes, barbe maigre, visage émacié : le prophète menteur, le harangueur halluciné mange peu, ne va jamais chez le coiffeur et possède un fort accent new-yorkais.

Jérusalem est indifférente à ses fous. Pas moi.

– Pour les filles perdues et les proxénètes, il exagère un peu. Mais la guerre… Elle va avoir lieu, non ? Que doit-on penser, quand les fous commencent à avoir raison ?

Tamar a haussé les épaules et frappé dans ses mains pour les réchauffer. En hiver l'air est glacé. Il traverse les collines et les murailles. Partie ouest, partie est, Vieille Ville, ville nouvelle, pas une pierre, pas une rue n'y échappent. La vague glaciale transperce pareillement mécréants, Juifs, Arabes, chrétiens orthodoxes.

– J'ai dû oublier mes gants à la cafétéria, a-t-elle dit, contrariée. Pour moi, la fin du monde, c'est quand j'ai froid aux mains.

Je lui ai tendu les miens. Je n'avais pas envie de l'entendre râler, c'était moi qui avais suggéré de poursuivre à pied, pour échapper au cauchemar des bus bondés. Elle avait accepté, malgré son ventre rond, sa peau tendue à craquer, son dos qui se bloque au moindre mouvement. Elle aussi se sent humiliée lorsque son corps est enserré dans la foule compacte et humide, dans un air saturé d'odeurs trop intimes.

Bras dessus, bras dessous, en silence, nous sommes arrivées au bas de son immeuble :

– Vous faites quelque chose, ce soir ?

J'ai bredouillé :

– Une fête… des amis français… à Talpiot…

Elle a hoché la tête, l'air de dire : Je n'en crois pas un mot, et a griffonné une adresse sur un bout de papier.

– Tiens. Nous, on va là. Un ami de Gil organise une soirée d'été. Au programme : maillots de bain, lunettes de soleil, autobronzant et cocktails exotiques. Son appartement est très bien chauffé. Il dit qu'on ne sait jamais, peut-être qu'on ne verra jamais l'été 91. Tu peux nous rejoindre, si tu t'ennuies avec tes Français.

J'ai fourré le papier dans ma poche en la remerciant, et en sachant que je n'irais pas. Puis j'ai parcouru lentement le kilomètre qui me séparait du 24, rue Radak.

L'odeur du tabac m'a donné envie de vomir dès le deuxième étage. J'ai ouvert la porte à contrecœur. Il était allongé dans le noir, je l'ai su au bout incandescent de sa cigarette qui dansait sur le matelas posé à même le sol. J'ai allumé la lumière de la cuisine. Les cendriers débordaient de mégots. Je les ai vidés en silence. J'ai entrepris de nettoyer la table sur laquelle traînaient d'écœurants reliefs de repas.

Nous n'avons pas de télé, pas de cafetière électrique, pas de lit digne de ce nom : trop commun, trop bourgeois. Nous répétons sur tous les tons que nous sommes des êtres exceptionnels, que notre amour est exceptionnel et qu'il se suffit à lui-même. Heureusement, la radio a échappé à ce fanatisme amoureux.

Une rencontre de la dernière chance est prévue la semaine prochaine entre Tarek Aziz et James Baker, à Genève. L'ultimatum des Alliés à Bagdad expire dans quinze jours.

Un peu partout dans le monde, on s'apprête à passer de 1990 à 1991 dans l'incertitude, les yeux fixés sur le prix du baril de pétrole et sur le général Schwarzkopf qui piaffe d'impatience dans son uniforme couvert de médailles.

Personnellement, je n'arrive pas à placer ma confiance dans un général qui porte le nom d'une marque de shampooing.

Il fera zéro degré cette nuit, à Jérusalem, et trois demain.

Ici, peu nombreux sont ceux qui fêtent la nouvelle année. Quelques étudiants, des touristes, les laïcs, comme on dit.

Avant de tourner le bouton de la radio je pense aux rats de Hamelin.

Les premiers jours de janvier sont froids, routiniers et lourds. Chacun attend, tout en déroulant son quotidien. L'attente a de grands pouvoirs : elle donne un relief inquiétant et excitant au moindre geste, à la moindre parole. J'achète des yaourts, je regarde la date de péremption (le 18 janvier 1991) et un énorme point d'interrogation apparaît. Nous avons appris à parler au conditionnel. Nous retenons notre souffle.

Il a de nouveau très souvent envie de faire l'amour, le matin, au milieu de la nuit. Ce soir, il m'a prise par la taille et a murmuré :

– Tu as peur ?

– De qui ? ai-je répondu en cachant mon visage dans son cou. De toi ?

– Des bombardements. Des missiles. Des armes chimiques.

– Je ne sais pas.

En ville, dans les bars, les cocktails ont pris des noms de circonstance : *Explosion mondiale*, *Saddam le Satan*, *Cocktail non conventionnel*, *Koweït libre*, *Défense civile*. Impossible de trouver une table. Un sentiment d'urgence nous a tous saisis. Il faut vivre, boire, manger, s'enivrer. Aimer, si possible. Dans quelques jours, nous serons peut-être tous morts, ou la moitié d'entre nous seulement.

Je lui ai proposé d'aller chez Tamar et Gil. Ils organisaient, comme tant d'autres, une fête de fin du monde.

Nous avons couru pour nous rendre chez mes amis. Parce que nous avions froid. Parce que nous avions soif.

Parce que nous voulions nous sentir vivants, aussi.

Tamar a renoncé à son bureau pour y installer la chambre du bébé. Je lui ai demandé si elle ne le regrettait pas, si elle n'en voudrait pas un jour à son enfant d'avoir sacrifié ainsi son espace pour lui. Elle a haussé les épaules. Elle fait souvent ce geste lors de nos conversations. Elle estime que je me pose trop de questions, et que c'est pour ça que je n'avancerai jamais. Malgré ton potentiel, qui est fort grand, ajoute-t-elle, pour me consoler.

Ce soir, elle semble trop bouleversée pour me détailler le mode d'emploi de la vie. Un mélange de fébrilité et de désespoir se lit dans ses yeux. Elle prend appui sur le lit à barreaux et murmure, le regard dans le vide :

– La guerre va éclater, Constance. Les rencontres avec Baker, ton ministre français qui tente le tout pour le tout afin d'éviter l'explosion, c'est du *bullshit*. Tu crois que les Américains ont envoyé cinq cent mille hommes en Arabie Saoudite uniquement pour écouler leur stock de corned-beef ? Et nous, nous faisons une fête de fin du monde, à trois semaines de la naissance de notre premier enfant…

Nathanaël était en grande discussion avec une fille blonde que je n'avais jamais vue. Des pommettes hautes, un adorable petit nez retroussé. Une nouvelle immigrante russe, à tous les coups. Une expression d'admiration intense dévorait son visage, elle écarquillait les yeux violemment, subjuguée par son accent français. J'ai espéré quelques secondes que ses arcades sourcilières se brisent. Elle a pris une cigarette et il a sorti un briquet de sa poche avec un empressement ridicule. Il ne me voyait plus. J'ai avalé d'une traite le bloody mary que Gil venait de m'offrir.

Les joints ont commencé à circuler. Tamar a miaulé avec un rire nerveux :

– Rien de tel que l'herbe, pour les bébés, juste avant l'accouchement : c'est bio et ça les rend zen !

Son rire m'a fait mal et je me suis réfugiée dans la cuisine, au bord des larmes.

Devant la fenêtre ouverte se tenait un étudiant en sociologie que j'avais aperçu une ou deux fois avec Gil l'année dernière. Il m'a souri :

– Toi non plus, tu ne supportes pas l'odeur ?

J'ai hoché la tête et me suis approchée de la fenêtre. Il a fait un pas de côté et je lui ai été reconnaissante de cette place qu'il libérait pour moi. J'ai offert mon front au ciel. J'avais envie de dire quelque chose de très beau et très profond, de prouver quelque chose à ce garçon. Je n'ai rien trouvé. Avant – il y a longtemps, à quinze ans –, j'apprenais par cœur des phrases spirituelles. J'avais réussi à me bâtir une solide réputation de fille à l'esprit vif jusqu'au jour où ma meilleure amie me fit remarquer devant vingt personnes que « celle-là », je l'avais déjà sortie trois fois, et qu'il me fallait renouveler mon répertoire.

– Tu penses à la guerre ?

Dommage pour toi, Yariv, tu avais une chance sur deux de te tromper. Lorsqu'on croise aujourd'hui des inconnus, on peut savoir presque avec certitude à quoi ils pensent. La guerre. Encore sans nom. Encore sans visage. La guerre, comme les enfants disent le noir, ou le loup.

Je n'avais pas envie de lui raconter qu'à quinze ans je portais d'horribles lunettes et que c'est, j'en suis persuadée à présent, ce qui me poussait à dresser des listes de phrases spirituelles.

– Oui. Non.

Et j'ai ajouté, parce que j'avais envie d'entendre sa voix plus que la mienne :

– Comment savoir avec précision à quoi on pense ?

Il a eu un sourire triste. Ou j'ai aimé penser qu'il avait un sourire triste, qui me le rendait plus proche, plus fraternel.

– Tu es Constance, n'est-ce pas ? L'amie de Tamar. Elle m'a dit que tu préparais un mémoire sur Flavius Josèphe.

Je me suis mordu les lèvres. Bien sûr, il a fait comme tout le monde ici, il a prononcé « Connestannce ». Au bureau de l'immigration, on m'avait mise en garde : c'était un prénom impossible, un prénom diasporique auquel je devais renoncer, pour mon bien et au nom de l'idéal sioniste. La préposée criblée de taches de rousseur m'avait suggéré plusieurs prénoms, en me jaugeant, s'appliquant à trouver celui qui m'irait comme un gant :

– Myriam ! C'est beau, intemporel et ça va bien aux brunes. Non ? Alors, Ilanit. Une grande chanteuse.

Elle est blonde mais ce n'est pas grave, elle a fait de grandes choses et toi aussi, tu seras quelqu'un, tu as la chance de commencer une nouvelle vie, d'être neuve et innocente dans un pays neuf et…

Elle avait eu un petit rire nerveux.

– Ou peut-être Kinneret ? Tu sais, c'est le nom d'une mer, en Galilée. Ça te ferait un lien avec la terre. Bon, j'ai l'impression que tu n'aimes pas.

– Je déteste, avais-je menti, pour stopper son inspiration qui, j'en avais bien peur, était sans limites.

Je n'avais pas relevé qu'en Galilée, à ma connaissance, il y avait un lac, et non une mer.

Son regard s'était illuminé :

– Et pourquoi ne t'appellerais-tu pas comme MOI ?

J'avais baissé les yeux vers son badge : Galit Azoulaï, *Immigration office*.

– C'est très beau, avais-je balbutié, mais je m'en voudrais de te faire concurrence.

– Au contraire ! Je serais très fière qu'une Française porte le même prénom que moi. Voilà, Galit Kahn, c'est parfait. Mais si tu veux, tu peux aussi changer de nom de famille.

– Non ! avais-je crié, alors que ses doigts allaient s'abattre sur le clavier. Tu ne peux pas faire ça ! Tu ne peux pas décider pour moi ! Je veux garder ce prénom. Et sinon, eh bien… je… je repars !

C'était une menace idiote, un tir à blanc. Mais aussi : le seul véritable acte de résistance de toute une vie.

– Très bien. Connestannce Kahn, donc. Je te souhaite une bonne intégration en Israël.

Je devais apprendre très vite que Galit Azoulaï, malgré sa personnalité dominatrice et exaspérante, n'avait pas tout à fait tort. Surtout lorsqu'à l'université les autres étudiants décidèrent de me surnommer Connie ou, carrément, Conne.

– … et sa façon de lier son histoire personnelle à la grande Histoire. Tu travailles sur quel texte ?

J'ai sursauté. Yariv ne semblait pas s'être aperçu que j'étais partie très loin, que je n'étais pas du tout épaule contre épaule dans l'encadrement d'une fenêtre, surtout depuis que j'avais renoncé à l'impressionner avec une phrase intelligente. J'avais envie de lui parler, pourtant, comme on est tenté de confier sa vie à un inconnu empathique qui de surcroît s'intéresse à Flavius Josèphe.

– Le cinquième livre de *La Guerre des Juifs*. La destruction du Temple. J'analyse le discours de Josèphe face aux assiégés. J'ai intitulé mon mémoire « Josèphe ou la subjectivité du chroniqueur acteur de l'Histoire ». Si je pouvais, je passerais ma vie avec ce type.

Il a eu un rire chaleureux et m'a dit que j'avais mes chances, puisque je devais être la seule jolie fille au monde à rêver d'un historien né au Ier siècle. Son rire et ses mots ont effacé la tristesse que Tamar et Nathanaël avaient fait naître en moi. Il a retroussé ses manches et ses bras à la peau claire posés sur le rebord de la fenêtre m'ont émue.

Nous avons enchaîné les sujets. Gil, Tamar, le bébé. La guerre à venir, qui ne ressemblerait pas aux précédentes. Mais qui ressemblerait à quoi, alors ?

Les études. La vue magnifique qu'offre la cafétéria de la faculté de droit, sur le mont Scopus. J'ai pensé qu'il avait de belles mains et une voix qui inspirait confiance.

Nathanaël a choisi cet instant pour surgir dans la cuisine, l'œil noir et mauvais.

– J'en ai marre de cette soirée. On rentre ?

J'ai lancé un regard désolé à Yariv, qui ne s'est pas démonté. Il a sorti une feuille de papier de sa poche, y a inscrit quelque chose et me l'a tendue.

– Voilà mes coordonnées. Si tu… si vous venez à Tel-Aviv, je serai ravi de vous accueillir chez moi.

Sur le chemin du retour, puis à la maison, nous nous sommes disputés. Tes amis sont pourris. Cette soirée était nulle. Je t'interdis de dire ça. Tu pouvais ne pas venir. On ne sortira plus, de toute façon, je déteste le genre humain, il est en dessous de tout. Pour qui tu te prends, tu ne vaux pas plus qu'un autre. Qu'un Yariv de mes deux, par exemple. Ou qu'une Russe sans cervelle. Elle avait de beaux yeux, de beaux seins, elle m'écoutait, elle. Tu ne m'as pas regardée un instant, tu ne m'as cherchée qu'au moment de partir. Je te hais, je veux te haïr autant que je t'ai aimée, y prendre le même plaisir. Tu es fou. Tu es une allumeuse. Je te déteste, tu me fais peur. J'aime ta peur, c'est signe que tu éprouves quelque chose pour moi. Je n'ai rien fait, on a juste parlé. Mais tu l'as regardé, tu ne sais même pas comment tu l'as regardé, tu étais prête à partir avec lui, à me quitter sans un mot. C'est faux. Non, tu es une salope, donne-moi le papier qu'il t'a remis. Non. Si. Non. Donne-le-moi, j'ai dit. Non, tu n'as aucun droit sur moi. Aucun droit, c'est ce qu'on va voir.

Ce matin, je suis partie tôt, avant qu'il se réveille, j'ai marché longtemps dans les rues fraîches, puis je me suis acheminée vers Vie et Nature avec un rêve : demander l'asile à Enrique. Dormir entre les ballots de verveine et de sarrasin, dans l'obscurité rassurante d'un magasin plein de tisanes. Avoir la paix.

Enrique est mon patron, mais je l'adore.

Je dis « mais », bien sûr, et c'est cette opposition qui rend notre amitié plus belle.

Il porte les cheveux longs en catogan, possède un accent brésilien qui donne des couleurs inattendues à l'hébreu, et une Harley qui fait pâlir d'envie la moitié du pays. Ce magasin lui appartient, certes, mais ce n'est pas une raison pour que je passe lc balai lorsqu'il est là, dit-il. Il a des yeux bleus candides et, aujourd'hui, un air soucieux.

– La guerre ? lui demandé-je.

– Non, le tofu. Nous allons en manquer.

Je me mords les lèvres pour ne pas éclater de rire.

– Les fournisseurs en ont marre, poursuit-il. Les assurances ont fait exploser leurs tarifs depuis l'invasion du Koweït. Les importations sont devenues quasi impossibles. Et va trouver un bon fabricant de tofu, dix jours avant une guerre…

Pour lui remonter le moral, je propose de préparer des paniers de ravitaillement.

– Tu verras, Enrique, dès cet après-midi, il n'y aura

rien de plus chic dans Jérusalem que le panier de survie bio.

Il hoche la tête, sourit en m'ébouriffant les cheveux.

– Tu es une lumière, Conztanze. Un génie. Je t'augmente d'un shekel de l'heure.

C'est la troisième fois en six mois qu'Enrique augmente mon salaire spontanément. Sa gentillesse me désarme et rend mes mains moites.

Un peu de paille, des noisettes et des noix, des figues et des dattes séchées, des biscuits à la gelée royale, d'autres au gingembre, une bouteille de jus de raisin blanc, un paquet de camomille : mon premier panier est prêt et, sitôt fini, il charme Mme Ashkenazi, qui trouve l'idée merveilleuse.

– Au moins, la guerre ne nous forcera pas à avaler des saloperies. Je vais vous envoyer toutes mes amies.

Elle tient parole. Nous vérifions par la même occasion qu'elle a beaucoup d'amies : en quelques heures, vingt paniers s'envolent.

Enrique sourit. Des paniers de survie bio pour une guerre où les armes chimiques menacent, c'est une vraie trouvaille. Un pied de nez. Il est d'excellente humeur, se met à fredonner une chanson de Mercedes Sosa. Il chante faux. Il y a dans sa voix une application et une tendresse infinies. Je me demande pourquoi ce n'est pas lui que j'aime si fort.

C'est moi qui ferme la boutique aujourd'hui. Je tire le grand rideau qui s'abat sur le trottoir dans un bruit de cascade métallique, m'accroupis, tourne la clé deux fois, tire encore, en sens contraire cette fois-ci, pour vérifier que c'est bien fermé. Je quitte mon lieu de travail à reculons. À regret.

Herzl m'a vue. Il sort sur le pas de sa boutique, un sourire gêné aux lèvres.

– Ça va, la Française ?

– Comme tout le monde. Comme ci, comme ça.

– Et ton mari, il va bien ?

– Nathanaël n'est pas mon mari, Herzl, je te l'ai dit cent fois. Mais il va bien.

Il grimace en se dandinant.

– Euh… je ne peux pas faire crédit jusqu'à la fin du mois, comme d'habitude. On ne sait pas ce qui va se passer alors j'ai demandé à tous les clients de régler leur ardoise le 14 dernier délai. Vous êtes déjà en retard sur les mois précédents… Tu n'oublieras pas ?

– Non. Donne-moi un bocal de cornichons, s'il te plaît.

Herzl fait lui-même ses cornichons. Ils ont un goût unique et consolateur. Il ajoute dans le sachet deux pitas toutes fraîches sans que je les lui demande, me fait un clin d'œil en griffonnant ma nouvelle dette sur son cahier, répète : le 14, hein ? Je me retiens de lui dire que ça ne lui servira pas à grand-chose d'empocher l'argent de ses clients si tout saute le lendemain. Ils se sentiront juste plus pauvres, plus démunis avant leur mort. Je me retiens parce que je l'aime bien, Herzl, et qu'il est pour moi un mystère. Tout chez lui est mystérieux : le goût de ses cornichons, son mélange de générosité et de pingrerie, les fermetures subites de son magasin « pour raisons personnelles qui ne regardent que le propriétaire » et son prénom, bien sûr, qui n'étonne que moi.

Il nous reste dix jours, m'a-t-il rappelé.

Je vois le sable du désert d'Arabie s'écouler dans un sablier géant. On ne peut pas se contenter de continuer au même rythme, comme si de rien n'était. On ne peut pas simplement sentir une boule d'angoisse et d'incertitude, continuer à se disputer à intervalles de plus en plus réguliers, osciller entre l'amour, la violence et les dettes à payer. Il faudrait prendre la vie à bras-le-corps. Voilà des mots solides et déterminés. Si je parviens à les suivre, ils devraient me guider. Mais cette expression recouvre des gestes qui m'échappent, elle appartient à d'autres, jamais à court d'énergie, à ceux qui se sont débrouillés pour que la solitude ne soit rien que de purs moments de bonheur choisi, ceux qui savent organiser des fêtes de fin du monde. J'ai le sentiment de perdre pied, de ne trouver en moi aucun mot, aucun désir, incapable de donner des contours et une couleur aux jours prochains.

Je m'adosse au mur en pierre, face à notre si belle maison ottomane enfouie dans une verdure sauvage. Le rez-de-chaussée et le premier étage sont occupés par les Gutmann. La famille Gutmann est nombreuse, religieuse, allemande et bruyante. Mme Gutmann a pour principale activité d'étendre du linge, M. Gutmann est souvent absent, les enfants crient plus ou moins à tour de rôle. C'est une famille qui tranche avec l'idée que l'on se fait des Juifs allemands dans ce quartier bourgeois où les oiseaux dialoguent avec les pianos.

Au deuxième, le grand-père Gutmann. Vieux, très grand, maigre, droit, d'une politesse rare, il insiste pour porter mes paquets chaque fois qu'il me croise dans l'escalier. Il monte jusqu'au troisième étage d'un pas vif, les dépose sur le paillasson, dit : Bonsoir, madame, dans un chuchotement rauque en soulevant légèrement son chapeau puis redescend de son pas alerte vers son appartement-bibliothèque, où de gros volumes du Talmud côtoient des bibles, des concordances, des livres de prières, d'exégèse.

Au troisième étage, il y a nous. Et Anastassia Finger-Mayer.

Lorsque j'ai vu ce nom sur la boîte aux lettres, la première fois, j'ai respiré un parfum à la violette, une odeur douceâtre de poudre de riz et j'ai senti sous mes doigts du velours grenat, du taffetas gris perle, du satin bois de rose. Anastassia Finger-Mayer ne pouvait être qu'une artiste, actrice certainement, ou peintre, ou modèle, une femme à la beauté fanée, au passé étincelant, sulfureux peut-être. Elle avait été aimée de beaucoup d'hommes, en avait aimé quelques-uns passionnément, avait défrayé la chronique de Berlin dans les années trente, puis de Tel-Aviv dans les années quarante. Après la guerre, New York lui avait fait un triomphe, Arthur Miller avait délaissé Marilyn, un temps, avant de la tenir pour un démon. Elle avait tout connu de la passion, de ses tourments, ses attentes, sa tempête, ses blessures, et à présent que les rides avaient envahi son visage, elle se terrait là, à Jérusalem, rue Radak, elle se cachait, ne sortait presque jamais. Mais elle allait se prendre d'amitié pour moi, Constance Kahn, reconnaître dans mes yeux l'éclat admiratif de la petite-fille qu'elle n'avait pas et elle ferait de moi sa dernière confidente. Elle m'inviterait à boire du thé l'après-midi et me raconterait sa vie, ses hommes, ses amours, ses défaites ; elle me confierait de quoi écrire un livre magnifique, de quoi vivre une autre vie.

Lorsque j'avais fait part de mon enthousiasme à Nathanaël, il avait ri et m'avait traitée de gamine. Tamar, à son habitude, avait haussé les épaules : Tu as trop d'imagination. Des noms comme celui-là, tu en as des milliers, ici. Je n'ai jamais entendu parler d'une Anastassia Finger-Mayer qui aurait défrayé la chronique. C'est sûrement une vieille mamie édentée et radoteuse, ta voisine.

J'avais décidé de sonner à sa porte, un soir, pour en avoir le cœur net. Devant moi se tenait une géante, une femme qui mesurait au moins un mètre quatre-vingts, pesait dans les quatre-vingt-dix kilos, aux cheveux châtains bouclés, aux yeux verts et francs, habitant son corps immense avec naturel. Et des traits juvéniles sur un visage qui disait : soixante, soixante-cinq ans, peut-être.

– Bonjour. Tu es la nouvelle voisine ?

– Oui. Enfin… il y a mon ami aussi. Nous sommes deux.

– Enchantée. Les amoureux portent chance. Avez-vous besoin de quelque chose ?

– Non, rien. Ou du thé, peut-être, avais-je ajouté précipitamment. L'épicier n'en a plus.

– Herzl n'aime que le café. Il n'a *jamais* de thé dans son échoppe, avait-elle dit d'une curieuse voix, et je ne sus si elle lui en voulait ou si elle se moquait de lui. Je vais te dépanner de quelques sachets.

Elle avait disparu au bout d'un long couloir. J'avais une inexplicable envie de la suivre, de m'asseoir dans un fauteuil et de l'observer.

– Voilà. C'est du Wissotzky. Ici, ils appellent ça du thé. C'est tout ce qu'il me reste. Mais si tu reviens dans une semaine, j'aurai du vrai Earl Grey. Ma sœur m'en rapporte de Tel-Aviv.

J'étais rentrée dans notre studio, stupéfaite par l'intérêt qu'avait fait naître en moi cette femme. J'avais oublié le personnage chatoyant et parfumé sorti de la boîte aux lettres.

– Nous avons une voisine extraordinaire, avais-je dit à Nathanaël. Tu devrais aller la saluer.

Il peignait, ce jour-là, un homme effondré près d'un téléphone, et m'avait dit : Oui, oui, d'une voix mécanique et rapide.

Je m'attarde sur les colonnes qui encadrent le perron de l'entrée des Gutmann. Je fixe le chiffre arabe peint sur un petit carré vert en faïence, à la gauche du portail. Un missile pourrait s'écraser ici, dans une gerbe de terre, de pierres et de verdure. Depuis le mois d'août, c'est envisageable. La guerre, la destruction, la mort. Nos peurs éternelles sont sur le point de s'incarner et je secoue la tête en fronçant les sourcils. Quelque chose cloche. On ne peut pas être si proche de la guerre, de la fin, du chaos sans trembler de tous ses membres.

Un miaulement insistant me dispense d'une réponse. Komintern me fixe, une lueur de reproche dans le regard. C'est le King des chats du quartier, il pèse au bas mot six kilos. Une cicatrice lui barre l'œil droit, et je me plais à imaginer que c'est un souvenir de la bataille qui lui a permis de devenir le maître de Rehavia. Dans mes divagations, Komintern est un sérieux concurrent d'Anastassia Finger-Mayer.

C'est Nathanaël qui lui a donné ce nom. En souvenir, dit-il, du temps où il chantait à tue-tête *L'Internationale*, pour faire chier son connard de père lors des réunions de famille.

Avec « mon père », il emploie toujours au moins un mot vulgaire.

Je promets à Komintern de lui descendre les restes du poulet que nous mangerons ce soir et le quitte d'une caresse. En grimpant les étages, je sens m'envahir l'angoissante incertitude sur ce qui m'attend là-haut.

Très amoureux, très gai, les yeux brillants (de désir), la bouche caressante, les bras enveloppants, il m'attend : il m'aime.

Malheureux, furieux, les yeux brillants (de colère), la bouche dure, les bras menaçants, il m'attend : il me déteste.

C'est toujours comme ça lorsque je le retrouve. Un métronome affolé. Il va m'aimer ou me haïr. Il va décider de la douceur ou de la violence de nos heures.

J'ouvre la porte. Il me tourne le dos tout en me faisant face car sur la toile qu'il est en train de peindre, la fille me ressemble. Il ajoute une touche fauve dans les cheveux, rince le pinceau, ferme les pots de peinture, s'éloigne de la toile comme s'il la défiait. La térébenthine va me donner la migraine, c'est inévitable, en plus il a beaucoup fumé, c'est trop d'odeurs pour un studio aux fenêtres fermées mais je n'ose rien dire, parce qu'il me prend contre lui, m'appelle « petit chat » et m'entraîne vers le matelas.

Josèphe, donc, tournant autour du rempart en s'efforçant de se tenir hors de portée des traits et quand même à portée de voix, suppliait les révolutionnaires, à maintes reprises, d'épargner leurs propres vies et le peuple, d'épargner la patrie et le Temple…

– La bibliothèque est vide, elle ferme dans cinq minutes, chuchote Tamar.

Je hoche la tête. Je souligne : *hors de portée des traits et quand même à portée de voix.* J'écris : *Il se prend pour un prophète.* J'écris encore : *Titus est fin psychologue, il envoie un émissaire qui parle leur langue maternelle.* J'ajoute : *Pourquoi ne puis-je me détacher de cette phrase ?*

– Allez, viens, tu peux continuer à travailler chez toi.

Je devrais pouvoir le faire, je n'y arrive pas. J'ai besoin, pour me concentrer, des cent vingt mille volumes de la bibliothèque autour de moi. Blottie au creux des livres qui savent tant de choses, je me sens protégée.

J'abandonne à regret la longue table en bois miel,

ma forteresse, où les dictionnaires de grec, de latin et d'hébreu forment des remparts rassurants. Des remparts contre quoi ? m'a demandé un jour Tamar. Je n'ai pas su lui répondre. J'ai pensé qu'on pouvait très bien avoir envie de protection sans menace précise. On se sent fragile. C'est un fait.

J'ai pris mon amie par le bras et nous nous sommes acheminées vers l'escalator qui mène aux arrêts de bus. Nous avons salué le petit homme en bleu chargé de la sécurité. Il a souri à Tamar mais j'ai eu la certitude que le sourire s'adressait au bébé dans son ventre.

C'est un garçon, lui a-t-il encore affirmé il y a quelques jours, et crois-en mon expérience : les garçons rendent les mères belles tandis que les filles leur volent toute leur beauté. Ma mère le répétait à ma sœur. C'est vrai.

Tamar avait répondu que sa mère disait certainement le contraire, et qu'il avait compris ce qui l'arrangeait.

Elle appuie la tête contre la vitre en soupirant. Le bus doit partir dans dix minutes et pour l'instant nous sommes seules, le chauffeur est allé fumer une cigarette en compagnie du petit homme en bleu. Elle pose soudain une main sur son ventre et les muscles de son visage se figent.

– Tout va bien ? lui demandé-je, consciente qu'il y a dans ma voix un brin d'affolement.

– Ne t'inquiète pas, ça fait un moment que j'ai des contractions. C'est normal, en fin de grossesse. Mais je ne vais pas accoucher ici !

– Comment le sais-tu ?

– C'est quelque chose qu'on sent, paraît-il. La sage-femme m'a dit que je ne pouvais pas me tromper. Quand on est sur le point d'accoucher, c'est comme si le corps se mettait à bouger de l'intérieur sans ta volonté. Tu es comme bousculée, emportée… Mais pour l'heure, personne ne décide pour moi ! ajoute-t-elle, dans un sourire empli d'amitié et de tendresse. On va dîner toutes les deux au restaurant. On préviendra les garçons de là-bas. J'ai envie d'enterrer ma vie d'adolescente avec toi. *This night, my darling.*

J'hésite un instant, le cœur serré. Nathanaël va m'en vouloir de ne pas rentrer à l'heure prévue. Il va se sentir trahi et abandonné, comme souvent lorsque je ne suis pas avec lui.

Tamar serre mon bras :

– Secoue-toi ! Dans dix ans on passe au troisième millénaire, ma douce ! Les femmes n'ont plus besoin d'une autorisation écrite de leur mari pour sortir le soir !

Ce n'est pas tout à fait ça, ai-je envie de lui dire. Ce n'est pas pareil, ça n'a rien à voir avec l'oppression des femmes. Une voix me susurre qu'elle n'a pas tort et que si, justement, ça a à voir, mais c'est une voix que je refuse d'entendre, et l'effort que je fournis pour l'étouffer crispe mon visage. Je me sens misérable.

Affronter les reproches dans la voix et les regards de Nathanaël est au-dessus de mes forces. Je veux être à la hauteur de son amour, de ses attentes, de son exigence. Toujours. Lui donner ce qu'il attend de moi. Être le contrepoids de tout ce qui le rend si malheureux. Devenir celle, parfaite, qui saura le consoler et l'aimer. Même si cela me maintient dans une anxiété de plus en plus douloureuse, même si ces derniers temps il m'est arrivé de penser que je confondais bonheur et soulagement. Même si vivre avec lui me fait de plus en plus mal.

– Connie, ce n'est plus possible…

– Qu'est-ce qui n'est plus possible ?

– Tes yeux qui se remplissent de larmes à la moindre proposition, à la moindre invitation imprévue ! Je vais accoucher dans une semaine, dans dix jours. Une guerre nous menace. Des choses énormes vont se produire pour moi, pour nous. La vie, la mort, dans les deux cas c'est la fin de quelque chose, tu comprends ? Je suis ton amie, je voudrais être avec toi ce soir. Pour oublier tout ça ou pour en parler. C'est vraiment beaucoup te demander ?

Je secoue la tête. Des scènes comme celle qu'elle veut jouer, il y en a plein les livres, plein les films, plein la vie. Les amies qui sortent « en filles », les secrets chuchotés autour d'une table, les fous rires partagés. La légèreté. La vie des gens normaux.

– Alors, tu dis oui ?

Le bus démarre et ce mouvement soudain m'aide incontestablement à prendre ma décision.

Je pose la tête contre mon amie qui est une sœur et qui va devenir mère. Son écharpe est duveteuse, son parfum est doux, son épaule est tendre. Je ferme les yeux, me blottis un peu plus contre elle. Le bus tressaute. Elle protège aussitôt son ventre. J'aimerais poser la main aussi mais je n'ose pas. Et je pense au bébé, si proche. À quelques centimètres. Là sans être là.

Le Gilly's est bondé mais le patron – un ami de Tamar, ils se sont connus à l'armée – installe pour nous une table et deux chaises près du comptoir.

– Je vous offre l'apéritif, les filles ! En quelques jours, j'ai rempli ma caisse plus qu'en trois mois. Il est beau, ce peuple, malgré tous ses défauts : il suffit d'une menace de guerre et l'économie repart ! Regardez ce qui se passe dans les supermarchés : c'est grandiose ! Regardez ce qui a lieu dans mon restaurant : c'est extraordinaire ! Ils sont là tous les soirs, jusqu'au milieu de la nuit. Ils boivent comme quatre, mangent comme six, en redemandent, commandent café sur café, comme s'ils voulaient que le repas ne prenne jamais fin. Le ventre plein et le porte-monnaie léger, j'aime ça. Ah oui, j'aime ça ! Pour un peu, je lui enverrais une carte, à Saddam, en le remerciant d'être têtu. Que dis-je, une carte ? Une caisse de whisky ! Ils savent boire, les gens du Baas, c'est sûr ! Mais vous y comprenez quelque chose, vous qui faites des études ? Y a un mois, personne n'avait un shekel en liquide dans ce pays, et maintenant l'argent coule à flots ! Allez, buvez, mangez, surtout toi, Tamar, tu dois prendre des forces pour ton petit. C'est un garçon, n'est-ce pas ?

Je trempe les lèvres dans le cocktail offert par la maison. Beaucoup de jus d'orange et un peu de vodka, il garde quand même la tête froide, Effy, sa générosité ne va pas le ruiner. Je soupire d'aise. On est à l'étroit ici, c'est sombre, enfumé, mais on y est bien.

Tamar se tape le front :

– On a oublié de prévenir les garçons ! J'y vais. Gil doit me chercher dans tous les hôpitaux de la ville !

Mon regard se pose sur deux filles attablées près de nous. Une brune, dont la moitié du visage est mangée par une longue frange, et une châtain aux grands yeux noisette, les pommettes rosies par la chaleur et le verre de vin qu'elle a vidé, pleine d'une énergie qu'elle semble diffuser gaiement. Elle encourage son amie, qui contemple son assiette, la mine circonspecte :

– Allez, vas-y !

– Quand même, c'est comme une trahison…

– Mais non, c'est bon ! C'est juste bon !

Je jette un coup d'œil discret vers l'assiette où une escalope de veau nage dans de la crème fraîche. Je crois comprendre la teneur du dilemme. *Tu ne cuiras pas le chevreau dans le lait de sa mère*, c'est écrit dans Exode, chapitre 23, verset 19, et dans le chapitre 34 aussi, au verset 26, et encore dans le chapitre 14 du Deutéronome, au verset 21, parce qu'il faut bien marteler les interdits fondamentaux.

Cet interdit-là, c'est celui de l'inceste.

Hormis dans les premiers mois de sa vie, le chevreau ne peut être uni à sa mère par ce qu'elle a de plus intime, de plus intérieur et extérieur, le lait, même dans la mort, même dans une assiette. De là, bien sûr, les Sages ont étendu l'interdit au veau, à l'agneau, à la « viande ». Au temps de Flavius Josèphe, en Galilée, on se permettait encore le poulet au lait caillé, mais après la chute du Temple, les Sages du Talmud prirent la décision de préciser, de renforcer les lois, pour remplacer les pélerinages et les sacrifices que l'on y faisait par une discipline quotidienne stricte.

Je regarde la jeune fille à la longue frange brune qui hésite encore. Dans ses yeux se mêlent l'appétit, la gourmandise et une curiosité enfantine qui se demande ce qui se passe lorsqu'on désobéit à ses parents. Trahir, a-t-elle dit. Je suis suspendue à ses mouvements, même si je sais que si elle est là, dans l'un des rares restaurants non casher de la ville, c'est qu'elle a déjà trahi des parents qui l'ont élevée dans le respect des traditions et des lois. J'assiste aux derniers soubresauts de sa mauvaise conscience. Et à ses premiers pas vers la liberté.

Elle coupe un petit bout d'escalope avec application, bien droite, les bras posés comme il faut sur la table, en fronçant un peu les sourcils, comme si elle concentrait toutes ses forces pour bien faire. Elle porte le morceau à la bouche. Mastique avec précaution. Son visage s'illumine : elle éprouve pour la première fois le goût de la viande tendre mêlé à celui de la crème, une crème onctueuse, savoureuse, douce en bouche, salée à point, poivrée juste ce qu'il faut, et ses yeux s'arrondissent dans un ravissement étonné : elle est bonne, la transgression de l'interdit millénaire, de l'interdit parental, elle la transporte dans un monde inconnu. Elle ignorait que ce que l'on porte à la bouche pour la première fois peut produire de telles sensations. Elle avait oublié.

Comme par magie, Tamar est de nouveau assise en face de moi et me tapote la main :

– La Terre appelle la Lune !

Elle suit mon regard, ne comprend pas, se penche vers moi et chuchote :

– Tu la connais ?

– Je crois.

– Comment ça, « je crois » ? Tu la connais ou pas ?

Je lui fais signe de passer à autre chose, parce que c'est la jeune fille qui nous regarde à présent, un sourcil méfiant tendu dans ma direction. Je me lève et dis d'un ton que j'aimerais détaché :

– À moi d'entrer dans l'arène.

Je laisse sonner sept ou huit fois. Il ne répond pas. Je chasse la vision de son ressentiment, l'envie de rappeler ou, pire, de rentrer, inquiète et coupable.

À mon retour, la jeune fille à la longue frange brune dévore son escalope avec un bel appétit débarrassé de scrupules. Je suis heureuse pour elle. Son attitude m'enchante, je ressens une gaieté vive, je résiste au désir de l'embrasser.

Alors je me tourne vers Tamar. Elle dit les réveils au milieu de la nuit, les questions qui s'entrechoquent, son corps plus lourd à chaque seconde, si encombrant à présent qu'il a réduit en miettes le plaisir de porter un enfant. Elle est si impatiente. Le temps qui s'écoule lui semble désormais sans intérêt, elle voudrait vivre l'accouchement, serrer son enfant contre elle, faire sa connaissance, enfin. Mais la guerre qui approche comme une tempête fait souffler en elle le désir inverse. Empêcher le bébé de sortir. Le garder à l'abri. Le tenir à l'écart de la peur et la destruction.

Un voile moite s'est déposé sur son front. Un éclat fiévreux a remplacé la lueur moqueuse dans ses yeux. Elle semble désemparée, pour la première fois depuis le début de notre amitié. Une bouffée de colère inexplicable monte en moi et prend possession de mon visage. Je respire lentement pour la dissiper, anxieuse à l'idée que Tamar déchiffre cette vague d'hostilité au moment où elle a besoin de mon réconfort. Je me force à poser ma main sur la sienne, cherche désespérément des mots consolateurs. Elle a voulu ce dîner pour que je lui confirme que rien n'allait changer, ou pas grand-chose, et que dans quelques mois nous serons toujours deux étudiantes en histoire antique, elle travaillant sur Philon d'Alexandrie et moi sur Flavius Josèphe. C'était sa seule exigence ce soir : entendre de ma bouche une promesse impossible. Rien ne va changer, ou seulement en bien. Mais le sable ne cesse de s'écouler, elle va donner la vie, et son petit sera en danger de mort dès la naissance, comme nous tous. Simplement en sursis.

La jeune fille à la frange brune sauce son assiette avec application, en décrivant des cercles dans la pellicule de crème qu'elle efface avec la mie de pain. Ses yeux brillent. Elle dit d'un ton solennel :

– C'est un soir important, tu en es le témoin.

Son amie répond :

– Il fallait que tu connaisses ça avant de mourir. Que tu goûtes à ces choses.

Elles éclatent de rire et commandent un irish coffee.

Je serre ma main sur le poignet de Tamar et lui dis, en mettant dans mon regard ce que je ne possède pas et que j'imagine être l'éclat de l'assurance, de la confiance, de la détermination :

– Ne t'inquiète pas, tout va bien se passer. C'est une intuition, une certitude. Ça ne s'explique pas mais j'y crois.

J'ajoute qu'elle est très jolie, que quelque chose semble plus ouvert, plus lumineux dans son visage depuis quelque temps. Que sa peau est belle, qu'elle va avoir une fille et prouver à Effy, au bonhomme en bleu, à la terre entière, que la théorie sur les filles qui volent la beauté de leur mère est fausse.

Ils m'ont appelée pour la dixième fois en une semaine, affolés, voix tour à tour suppliantes, fâchées, comminatoires. Rentre à Paris, Constance, rentre vite. Il doit bien rester des places dans les avions. On te paie le billet, ta grand-mère a proposé de partager avec nous. Au journal télévisé, ils nous ont montré un avion rempli d'étudiants américains qui rentraient chez eux, alors pourquoi pas toi ? Tu n'as même pas fait l'armée, personne n'a besoin de toi. Tu sais qu'ils sont capables de vous envoyer des armes chimiques, les Irakiens ? Ils n'ont pas grand-chose à perdre, ils savent qu'Israël ne ripostera pas, que ça foutra trop la pagaille avec les alliés arabes.

– Non.

– Non quoi ? Non QUOI ? Qu'est-ce que tu cherches à prouver ? Que tu es une héroïne, que tu n'as pas peur ? Et nous, tu penses à nous ? À ta mère qui se bourre de calmants, à ta grand-mère qui ne dort plus, à ton frère qui va rater son concours à cause de tout ça ! Dis, tu penses à nous ?

– Oui. Mais ça n'a rien à voir.

– Comment ça, « ça n'a rien à voir » ? ! Nous t'aimons, nous sommes tes parents, nous t'avons mise au monde, tu ne peux pas faire comme si nous n'existions pas, décider de ta vie comme si nous ne comptions pas ! Déjà, quand tu es partie, on n'était pas d'accord mais bon, tu as dit que tu voulais étudier ton Flavien Josèphe sur la terre où il avait vécu, t'aurais quand même pu aller en Italie, il est mort à Rome. C'est plus calme, l'Italie. C'est moins loin, moins dangereux ! Ils sont en guerre avec personne, les Italiens !

– Flavius.

– Quoi ?

– Flavius, pas Flavien. Et j'étudie son discours aux assiégés de Jérusalem, pas de Rome. C'est ici que ça c'est passé, papa. Je n'y peux rien. Et je te rappelle que les Italiens sont dans la coalition. Comme la France, comme la moitié du monde. Pas Israël. C'est *vous* qui allez être bientôt en guerre, papa, pas nous.

– Toujours l'esprit de contradiction, hein ? Mais enfin, c'est bien à vous qu'on a dit de préparer des chambres hermétiques, de scotcher du plastique aux fenêtres, d'aller chercher des masques à gaz dans des centres de défense civile, de faire des provisions…

– Merde !

– Pardon ?

– Excuse-moi, papa, je viens de m'apercevoir que j'ai oublié d'acheter quelque chose et les magasins vont fermer. Ne m'en veux pas. Embrasse tout le monde. Ne vous en faites pas, tout va bien se passer.

– Attends !

– Non, il faut que j'y aille tout de suite. On se rappelle. Salut.

Nous avons dans le placard de la cuisine quelques boîtes de thon, de maïs et deux paquets de biscuits que nous considérons comme des provisions. Nous sommes allés il y a quelques semaines dans une école chercher deux boîtes en carton sur lesquelles il est écrit en grosses lettres noires « Kit de défense ». Et en dessous, en plus petit :

1 masque à gaz

2 doses d'atropine

Les boîtes ont la bonne dimension pour caler la rangée de livres posés à même le sol (comme le matelas, le cendrier, le téléphone, les pots de peinture, le flacon de térébenthine). La mienne est serrée contre les *Lettres au Castor*, que j'ai dévorées l'été dernier, en pensant que Nathanaël et moi avions quelque chose du couple Sartre-Beauvoir, que nous étions des sortes de modernes libres et romantiques.

– *Bullshit*, dis-je à voix haute.

Comment condamner une pièce et la rendre hermétique quand on habite un studio ?

Pourquoi ce terme sinistre : condamner ?

Où achète-t-on des rouleaux de plastique, pour commencer ?

Je dévale l'escalier. J'aime : mes pieds qui martèlent les marches, s'abattent et rebondissent aussitôt, ta da dam, ta da dam, ta da dam, puis, quatre marches avant le palier, je prends appui sur la rampe, m'élance, bondis, joins les pieds, tam ! La seconde dans l'air est délicieuse, c'est un moment unique, un moment où je suis très éloignée de moi et en même temps très présente dans mon corps. C'est une sensation qui me rend euphorique.

Je quitte la rue Radak, remonte la rue Aza, fonce dans l'avenue King George et cours en direction du marché Mahané Yehouda. Je ne sens ni le vent ni les rares regards qui pourraient se poser sur moi, il fait si froid. Jérusalem s'endort tôt en hiver, la ville se fait austère (*encore* plus austère, disent ses détracteurs), elle semble habitée par un peuple invisible, par des êtres qui se terrent, laissant la rue au silence, les trottoirs au gel.

Je cours en faisant un bond tous les cinq mètres, mes joues sont roses, et mon nez aussi, mais c'est à mes joues roses que je préfère penser, et j'espère que mes yeux sont brillants, j'espère qu'à cet instant je ressemble à celle que je me sens être : une fille légère et libre. Libre, surtout. Sans entraves, sans nœuds, sans chaînes. Non, ça, ce sont des images trop faciles, elles sont creuses et taisent une vérité dont les fragments surgissent devant moi : je déteste les vêtements trop petits, qui étriquent les mouvements. Je déteste les collants de laine qui n'épousent pas parfaitement l'entrejambe, que l'on doit tirer cinquante fois par jour en les pinçant de bas en haut, en faisant remonter les plis pour gagner quelques centimètres, et parfois c'est la peau que l'on pince, à l'intérieur de la cuisse. Et l'élastique qui serre à la taille, coupe la respiration, cisaille la chair puis laisse, une fois ôté dans un soupir de soulagement, un sillon rosâtre et mauve sur la peau tendre. Je déteste les matières qui grattent, l'acrylique qui diffuse de l'électricité dans les cheveux, les aisselles qui transpirent, les anoraks bon marché aux couleurs tristes, même lorsqu'elles étaient vives. Je déteste la barrette qui tirait les cheveux en se fermant, la brosse qui lissait mes boucles, le béret rouge qui les cachait, l'odeur humide qui se dégage de ces années. Une moisissure s'était infiltrée dans l'enfance, elle s'étendait, la tache vert-de-gris, et j'étais seule à la voir. J'avais des picotements dans les yeux, le nez, des petites aiguilles tenaces, la poitrine oppressée et la gorge serrée, souvent.

Je
Voulais
M'endormir
Longtemps
Rêver
Vivre
Une
Autre
Vie
En
Rêvant
Elle
Disait
Surtout
Pas
Dormir
Longtemps
Ça
S'appelle
Mourir

À présent, dans l'avenue King George, à Jérusalem, juste avant de prendre à gauche pour couper vers Mahané Yehouda j'accélère, je cours dans ma tête aussi, c'est une fuite ou un élan vers quelque chose mais quelle importance de le savoir maintenant, dois-je me poser des questions sur tout, tout le temps, c'est fatigant. Je balance un bras à droite, un bras à gauche, j'enlève l'élastique, le collant, le pull, les jette par-dessus bord, leur dis adieu, disparaissez de ma vue, vous ne méritez rien d'autre que d'être piétinés par les passants qui me suivront, de croupir dans la boue, trempés, tristes et indésirables comme de la neige sale, vous ne méritez pas d'être classés dans les souvenirs d'enfance. Il faudrait pouvoir choisir ses souvenirs, avoir cette liberté-là, au moins : se façonner une enfance qui donne des forces pour vivre la suite, et pas une enfance de fissures, de confiance perdue, de trahisons, de mensonges, de silences qui broient le cœur, ou ce que les enfants pensent être le cœur, là, au milieu de la poitrine. Il faudrait avoir le pouvoir de s'inventer des souvenirs, des vrais, on les créerait à rebours pour s'y blottir, et ce ne seraient pas juste des histoires racontées le soir, dans le noir, pour se consoler, se rassurer, parce que même si on répétait j'ai peur, j'ai peur, j'ai peur au moment où la lumière laissait la place aux ombres, les parents n'y changeaient rien, n'y comprenaient rien, demandaient peur de quoi ma chérie, il n'y a rien dont tu puisses avoir peur. Comment les enfants peuvent-ils connaître des visions épouvantées, des terreurs sombres comme la fourrure des loups, les mains crispées sur le drap, la bouche mordillant un pouce, une main, la patte d'une peluche, comment leurs petits cœurs peuvent-ils supporter cela en silence ?

Je trébuche et m'abats avec violence sur un homme que je n'avais pas vu. J'avais oublié la rue, les voitures, les caisses sur lesquelles des vendeurs à la sauvette ont posé de gros rouleaux de ruban adhésif marron et de nylon. Je ne voyais pas les étals qui alignent pistaches et amandes salées, graines de tournesol et noix de pécan caramélisées, cigarettes, bonbons, boissons, journaux, ni les comptoirs où le sandwich falafel est le meilleur de la ville, et la shawarma, la meilleure du pays. Je ne voyais pas la foule rassemblée comme pour une réunion secrète sous les lampions du marché, la foule présente ici comme pour expliquer les rues désertes ailleurs, je ne voyais rien ni personne, et encore moins le professeur Feist percuté de plein fouet par une de ses étudiantes les plus assidues qui se cramponne au revers de son manteau, submergée par la honte.

– Mademoiselle Kahn ! Est-ce que tout va bien ?

Depuis le premier jour j'aime ses intonations brèves, l'allemand âpre qui se fond dans le chant de l'hébreu, la sollicitude dans ses points d'interrogation.

Je bredouille :

– Pardon, professeur. J'étais ailleurs. Je suis désolée. Je suis en retard pour la guerre. Enfin, je veux dire que je ne suis pas prête, je dois acheter toutes ces choses censées nous protéger…

Il a un petit rire silencieux :

– Je suis également en retard pour la guerre, miss Kahn.

Puis, désignant les rouleaux éparpillés autour de lui :

– C'est un scandale, les prix se sont envolés.

Je m'agenouille pour réparer les dégâts dont je suis la cause et tends au professeur Feist ses rouleaux de nylon en les essuyant discrètement avec la manche de mon blouson. Puis je reste plantée devant lui sans rien dire, juste quelques secondes qui me paraissent idiotes et me mettent mal à l'aise. C'est si difficile les blancs, les face-à-face, les yeux dans les yeux, le silence qu'on ne sait comment partager. Le professeur Feist est moins gêné que moi, il a une armure très efficace : il est distrait. Ou très absorbé par quelque chose à l'intérieur, le regard fixé sur un point qu'il est le seul à voir. Nombreux sont les étudiants qui le jugent froid, distant, désagréable. Moi, je suis une inconditionnelle. Du fait qu'il soit si grand, si maigre, qu'il dépasse les étudiants d'une tête au moins. De son visage émacié, de sa voix, et de son regard qui s'anime lorsqu'il nous raconte des histoires, car il n'a pas oublié qu'il fallait raconter des histoires, même aux étudiants, surtout aux étudiants qui se prennent tant au sérieux, qui ont lu *Hague & Harrop* dans le texte, parce qu'ils suivent un double cursus, et qu'ils étudient les sciences politiques aussi, ou les relations internationales, ces cours savants qui permettent de comprendre le monde, n'est-ce pas, et il s'en trouve toujours quelques-uns pour l'interrompre, la tête relevée, le torse un peu gonflé, des garçons toujours, oui, sans exception, des garçons qui veulent se mesurer à lui, le provoquer en duel, des garçons qui rêvent de lui infliger un revers, une défaite, qui posent de fausses questions la bouche en cœur, le menton relevé, un sourcil interrogateur, un regard de commissaire politique soupçonneux. Et ils pérorent. Et ils ont l'air de vrais petits coqs, mes camarades d'études, et parfois, entre mes dents, c'est « p'tits cons » que je siffle, exaspérée par ces interruptions, par ce désir de prouver que s'il y a un chef dans cette salle, ce n'est pas celui qu'on croit.

Le professeur Feist enseigne l'histoire contemporaine. Il anime cette année un séminaire sur l'historiographie juive, de Heinrich Graetz à Simon Doubnov, et il vient de disparaître.

Je suis toujours debout mais lui ne fait plus écran entre l'Empereur du Falafel et moi. Il a dû me saluer, me dire au revoir, mais je ne l'ai ni vu ni entendu.

Incompréhensible absence. J'ai l'impression que mon cerveau fait des efforts surhumains pour sortir d'un temps parallèle, et rejoindre le lieu où je me trouve.

Troublée, je m'avance vers un marchand de ruban adhésif et de rouleaux de nylon. Je murmure :

– Combien ?

Il a un sourire attendri et bougon :

– Les jeunes ! Une génération sans cervelle ! Je n'ai eu que des étudiants, aujourd'hui. Vous êtes longs à la détente, vous autres ! Les mères de famille, elles, s'y sont prises dès le mois d'août. Le lendemain de l'invasion du Koweït elles étaient déjà là, avec leur liste de fournitures. Bien. Je propose des lots : quatre rouleaux de ruban, plus deux rouleaux de nylon, cinquante shekels. Et j'offre en prime deux serpillières.

Mes yeux écarquillés le navrent.

– Ben oui, des serpillières ! Pour les mouiller, les mettre au bas des portes et empêcher le gaz de s'infiltrer ! Tu n'as pas vu la démonstration, à la télé ?

– Je n'ai pas la télé.

– Eh bien, écoute la radio, lis les journaux, ils expliquent tout ça. C'est très important, de bien suivre les instructions, si tu veux rester en vie.

Je lui tends un billet de cinquante shekels. En échange, il me donne un grand sac en plastique dans lequel il a tout entassé en marmonnant que ça se voyait bien que j'étais française, et jeune, et que j'ignorais ce qu'était la guerre.

Je dis merci, au revoir monsieur, bonne chance. Pourquoi bonne chance ? Ça m'a échappé, je ne parle pas comme ça, c'est lui qui a dû le dire en premier.

Je m'éloigne lentement, encore tenaillée par l'étrange sensation d'avoir été absente de moi-même. Je fronce les sourcils pour essayer de comprendre à quel moment mes yeux n'ont plus vu le professeur Feist, j'essaie d'entendre les quelques secondes de silence qui ont précédé mes divagations sur lui et les étudiants péroreurs. Je suis certaine qu'il a eu un petit sourire d'excuse, je dois m'en aller, mademoiselle, au revoir, mais c'est pure spéculation de ma part.

Et puis je pense à ces chambres que l'on doit rendre hermétiques. Au gaz qu'on doit empêcher de s'infiltrer. Avec, pour seules armes de défense dans cette guerre « de toutes les technologies » du ruban adhésif et des serpillières mouillées.

Car, s'il est beau de combattre pour la liberté, il fallait le faire avant; mais une fois qu'on a succombé et qu'on est soumis depuis si longtemps, vouloir ensuite secouer le joug, c'est chercher une mort pénible et non pas chérir la liberté.

Je referme le livre brusquement. Aujourd'hui, je trouve Flavius Josèphe très déprimant. Pourquoi décourager ainsi les assiégés ? Je l'aurais préféré fougueux, héros révolutionnaire et téméraire, comme lorsqu'il défiait les Romains dans son fief de Jotapata, en Galilée, avant de rallier le camp de Vespasien. Je le vois si bien, ordonnant d'une voix forte qu'on élève un mur de protection, imposant un rationnement sévère à ses troupes, dormant à peine. Plus jeune, plus beau, plus résolu, plus insolent qu'au pied de la muraille de Jérusalem.

Trois jours nous séparent de la fin de l'ultimatum. Peut-on faire des projets ? Doit-on les annuler ? Que doit-on dire ? Que doit-on lire ? Quelle musique écouter ? Faut-il cesser de dormir ? Cesser d'écouter la radio, faire comme si rien de cela ne nous concernait, à l'instar du grand-père Gutmann qui ne déroge pas à sa promenade de neuf heures, le matin, ni à celle de sept heures, le soir, et qui est plongé dans ses pages talmudiques le reste du temps ?

Je n'en sais rien.

J'observe le monde derrière une vitre. J'ai l'impression que quelqu'un a coupéle son. L'image est très nette mais rien n'est compréhensible. Le professeur Feist était absent aujourd'hui, ce qui a achevé de me mettre de mauvaise humeur. Je suis remplie d'un mélange d'appréhension, de malaise, de tristesse, de rage. Une forme sombre et floue rôde dans ma tête, se durcit parfois au-dessus de la nuque en une pointe douloureuse, contracte ma gorge, fait monter des picotements à mes yeux, glisse vers le plexus où elle fait un nœud qu'elle serre bien fort puis finit par se diviser en de multiples vipères noires qui se tordent dans l'estomac.

J'écris sur un cahier de notes censées se transformer un jour en mémoire de maîtrise : *Je n'y arriverai jamais.* Et je dessine à côté une petite fleur, une sorte de marguerite à la corolle disproportionnée que je barre de plusieurs traits rageurs. Si je savais dessiner, esquisser des portraits et des paysages d'un trait rapide et léger, si je savais jouer d'un instrument avec aisance, danser en pliant sans effort mon corps à ma volonté, alors mon pas dans la vie serait gracieux et je n'aurais pas cette démarche lourde, de travers, pataude, cette sensation de piétiner, cette certitude d'être rarement à ma place.

Les pensées se mélangent. Je voudrais les ordonner, dégager une cohérence, en tirer des conclusions qui dissiperaient le malaise qui m'étreint. Ces derniers jours, Nathanaël et moi avons échangé à peine quelques mots. Distants, pour sa part. Craintifs, pour la mienne. La nuit, je sens ses pieds glacés, ses mains glacées, et son corps tendu, malgré le chauffage poussé à fond. Il ne dort pas. Moi non plus mais je m'applique à faire semblant. Je voudrais esquisser un geste vers lui, tendre un bras, me serrer contre son dos, exécuter les gestes de l'amour sans penser que j'exécute les gestes de l'amour. Mais quelque chose me retient. Alors mon corps aussi se tend, mon cœur s'emballe, mes mâchoires se crispent.

Je suis seule et je tangue. Mes parents ne sont plus que des voix que je peux faire taire en prétextant que la ligne est mauvaise. Mon passé est loin d'ici, dans une langue qui n'est pas l'hébreu, dans d'autres pierres, loin du cèdre dont les branches frôlent nos fenêtres. L'avenir est un continent éloigné, masqué par un épais brouillard. Le présent se dérobe, même si je respire avec le ventre, même si je pince la peau fine sur le dessus de la main, même si je passe de l'eau froide sur mon visage, même si je fais hurler la musique. Je n'arrive pas à être sûre de mon existence.

J'allume la radio pour me remplir d'autres voix que celle qui résonne en moi. La polémique autour des masques spéciaux, ceux qui conviennent aux barbus et aux asthmatiques, fait rage. Les Juifs orthodoxes, barbus par choix, ont été servis avant des laïcs, asthmatiques malgré eux. Des gens s'écharpent en studio, au téléphone : des rabbins, des députés orthodoxes au discours fuyant, des députés d'extrême gauche aux formules provocatrices, un acteur des années soixante-dix qui fumait de drôles de choses et connaissait beaucoup de jolies filles, et qui a trouvé le chemin vers Dieu depuis, des médecins, des écrivains, des chanteurs, des maires, des historiens crient que la vie d'un non-croyant ne vaut pas moins que celle d'un croyant. D'autres répondent que là n'est pas la question, mais que pour un croyant il est très difficile, voire impossible, d'enfreindre une règle, même en temps de guerre, et que c'est au gouvernement de prévoir suffisamment de masques spéciaux pour l'ensemble de la population, malades et pieux confondus. Un rabbin réformiste affirme qu'il faut bien entendu se raser sur-le-champ, laisser les précieux masques à ceux qui en ont besoin pour vivre, nul n'ignore que la Bible et le Talmud font passer la vie avant l'application de la Loi. Le journaliste fait monter la pression : il demande à un rabbin orthodoxe de dire clairement à sa communauté que se raser la barbe est désormais permis, et même obligatoire. L'autre se tortille devant son micro, on sent bien à sa voix qu'il se tortille, il dit que le problème porte sur quelques milliers de masques tout au plus, et qu'il sera impossible de désigner les fidèles qui devront se raser. Comment les désigner, d'ailleurs ? En tirant au sort ? C'est interdit par la loi juive. En faisant appel à des volontaires ? Il n'y en aura pas. De force ? Il lâche que la dernière personne à avoir forcé les Juifs à se raser la barbe était un petit moustachu, Adolf Hitler, que son nom et celui de sa descendance soient maudits jusqu'à la vingtième génération. On entend des hurlements. Comment osez-vous ? Comment osez-vous profaner ainsi le souvenir des morts ? Comment osez-vous établir un parallèle entre un acte librement consenti pour sauver des vies et la barbarie nazie ? Un historien précise qu'à sa connaissance Hitler n'a eu aucune descendance, et qu'on ne peut donc la maudire sans commettre une erreur d'appréciation historique. Un député d'un parti arabe israélien intervient pour dire que les Palestiniens des territoires, eux, n'ont pas suffisamment de masques normaux, et encore moins de masques spéciaux, et que les Palestiniens asthmatiques, musulmans et pratiquants n'ont aucune chance de survie en cas d'attaque chimique. Un député de droite lui rétorque perfidement que Yasser Arafat est allé donner l'accolade à Saddam Hussein, et que la population palestinienne n'a donc rien à craindre, les missiles irakiens les épargneront. Le député arabe s'étrangle, on comprend plus ou moins qu'il dit qu'Israël est une puissance occupante, et qu'elle doit protéger toutes les populations, quelles que soient leurs opinions politiques. Le député de droite lui balance que la connerie n'est pas une opinion politique. Le journaliste qui anime le débat fait mine d'être horrifié par le ton des participants mais il est très content d'avoir eu tant de cris à l'antenne. C'est ça, Israël, n'est-ce pas : on crie tous beaucoup mais on s'aime bien quand même. Il coupe la parole au député arabe en train de citer la Convention de Genève pour annoncer la pub, puis le flash de midi.

J'éteins la radio. Le décompte avant la fin de l'ultimatum, le nombre de GI's présents sur le sol saoudien, le menu des Marines, la capacité de vol des Awacs et des avions furtifs, les toutes dernières déclarations de James Baker, le sens qu'il faut donner à ses sourcils froncés, à sa cravate noire, aux cernes sous ses yeux, tout cela me dépasse. Je dois me plonger dans Josèphe, structurer mon plan, j'ai promis de le rendre au professeur Bar-Tov avant la fin du semestre, dans trois semaines. Je n'ai pas écrit une ligne de ce plan, et je ne sais plus ce que veut dire l'expression « dans trois semaines ». Je me demande qui était le premier homme, ou la première femme, à avoir employé le futur, quelle étrange idée de parler de ce qui n'est pas, de ce qui n'adviendra peut-être jamais, et pourtant, un jour, quelqu'un a dit demain, dans un an, dans un siècle. Ce devait être une femme, certainement, une femme qui portait un enfant dans son ventre, et savait que la vie est un mouvement, que le futur prenait forme en elle, la forme d'un petit paquet de chair, de sang, de larmes et d'os. Une femme comme Tamar.

Le téléphone sonne à l'instant où le mot « Tamar » traverse mon esprit. Sa voix est étranglée.

– À l'hôpital, on m'a proposé de provoquer l'accouchement. Ils disent que le bébé a un poids suffisant, que ça ne pose aucun problème à une semaine du terme. Et surtout : que c'est la solution plus raisonnable.

– Et qu'en penses-tu, toi ?

Silence.

Je suis presque sûre que des larmes lui viennent. Un réservoir de larmes qu'elle voudrait contenir mais qui débordent, inondent ses joues, atteignent ses lèvres, mouillent le combiné du sans-fil avec répondeur que les parents de Gil leur ont offert pour Rosh Hashana. J'entends un reniflement qui confirme mes craintes.

– J'arrive. Mets de l'eau à bouillir pour le thé. J'apporte la menthe, j'en ai des tonnes : Hadj en a coupé dans son jardin hier et il en a offert un kilo à Nathanaël.

Et je raccroche, sans lui laisser le temps de répondre, pour lui épargner de ravaler ses larmes, lui permettre de se moucher sans témoin. Et peut-être, aussi, pour être fière de moi, de cette soudaine bouffée d'énergie, de cette capacité à décider pour les autres qui ne me ressemble pas.

Je passe en courant devant l'épicerie. Herzl est en train d'aligner des oranges. Il s'applique, mais son œil ne perd rien de ce qui se passe dans la rue. Il tente de ralentir ma course :

– Eh, la Française ! C'est après-demain, le 14, tu n'oublies pas ?

– Non, non. Ne t'inquiète pas, Herzl. Je passerai demain. Là, je file voir une amie qui vient d'accoucher.

– *Mazel tov, mazel tov*, une fille ou un garçon ?

Je crie : Une fille ! et j'accélère, pour dissiper la petite boule de mauvaise conscience qui s'est formée dans mon ventre. Ce n'est pas bien de mentir, surtout lorsqu'il s'agit d'un sujet aussi important et délicat que l'arrivée d'un nouveau-né. On ne doit pas jouer comme ça avec le temps, ce qui est inaccompli ne peut être envisagé. Dire les choses avant qu'elles existent, c'est peut-être laisser échapper le souffle qui dérange l'ordre du destin. J'espère qu'il ne lui arrivera rien, j'espère qu'il ne lui arrivera rien. Que mes peurs sont sans fondement. Idiotes et puériles.

La menthe infuse en embaumant l'appartement. Nous sommes assises sur les coussins du salon, blotties l'une contre l'autre. Je masse la nuque de Tamar, puis ses mains. Il lui est plus facile de parler quand je ne la regarde pas.

– Tu te rends compte ? C'est la chambre du bébé qu'on a isolée, pour en faire une chambre hermétique, une chambre de sécurité ! C'est comme si on lui hurlait dans les oreilles, dès son arrivée : Bienvenue dans le monde, petit ! Ne mets pas le nez dehors, ne respire pas, ne pense à rien d'autre qu'à ta survie !

Je constate que depuis quelque temps elle évoque le bébé au masculin, mais ce n'est pas le moment de lui en faire la remarque.

– On va s'enfermer parce qu'on a peur du *gaz* ! On va s'enfermer dans nos *chambres* pour empêcher le *gaz* de nous tuer !

Nous voyons les mêmes images. Celles qui collaient à mes yeux pendant des années, quand je scrutais l'espace sombre et poussiéreux sous mon lit avant de m'endormir, le cœur affolé car sûre d'y découvrir un SS rempli d'une joie froide à l'idée de me tuer. L'angoisse amère s'était évaporée lorsque j'étais arrivée là, émerveillée d'être dans un pays juif. Alors je refuse de suivre Tamar sur le chemin qui mène aux forêts de bouleaux de Pologne et d'Ukraine. Je vois la folie nous y guetter, incandescente encore du sang des morts, tapie sous les fougères. Si nous cédons à la terreur que nous inspirent les deux mots associés, Gil nous trouvera tout à l'heure en train de courir dans l'appartement, échevelées et moites, le regard fiévreux, ou bien nous balançant en psalmodiant les mots terribles sur tous les tons, avec dans la voix tantôt un étonnement enfantin, tantôt les accents butés de celui qui dit non à la réalité, débordantes de détresse, miaulant comme des femmes blessées, voix démentes, voix chevrotantes de sorcières : Les chambres… le gaz… les chambres… le gaz… les chambres… le…

Pour la deuxième fois en une heure j'ai un sursaut d'énergie. Je secoue la tête et broie les mains de Tamar pour lui transfuser ma détermination :

– Arrête ! Tu as peur, c'est normal. On se demande tous ce qui va se passer, et toi encore plus à cause du bébé. Mais l'Histoire ne se répète pas, on est bien placées pour le savoir, toi et moi. Les Alliés sont armés jusqu'aux dents. Il n'y a jamais eu de concentration d'armes aussi importante. Si le moindre petit missile légèrement chimique atterrit par ici, on ripostera immédiatement au centuple et les Alliés détruiront l'Irak. Il le sait bien, Saddam. Tout le monde le sait. Israël riposte toujours. On est juifs ? C'est vrai qu'il y a plus paisible comme origine. Mais les Juifs en Europe il y a cinquante ans, c'est une chose, et nous ici, c'est autre chose. L'Histoire ne se répète pas, tu m'entends, Tamar ? El-le ne se ré-pè-te pas.

Elle est si surprise par ma tirade qu'elle me fixe avec une expression proche du sourire. Elle a frôlé quelque chose, un territoire sombre et glissant, elle a failli m'y entraîner parce que je lui tenais la main, et que nous pensions la même chose, que nous voyions la même photo noir et blanc d'une foule pétrifiée devant l'entrée des… Mais j'ai réussi à l'attirer dans le présent, dans cette minute où rien n'a basculé, où nous sommes encore deux étudiantes qui s'apprêtent à boire un thé à la menthe dans une ville où les gens travaillent, accompagnent leurs enfants à l'école, vont les chercher, font des courses, passent à la banque retirer de l'argent, en déposer, se demandent ce qu'ils vont pouvoir préparer à manger ce soir, se disputent, dorment.

Je dégage doucement mes mains pour servir le thé dans deux grands verres que nous enveloppons de nos mains dans un geste qui m'émeut toujours. J'y sens la fragilité des êtres, leur espoir d'avoir toujours chaud, de ne jamais se résigner à être froids.

– Tu as envie de quoi, toi ? Tu en as parlé à Gil ?

– Il est en Galilée aujourd'hui. Il ne m'a pas encore appelée. De quoi j'ai envie ?

Elle a soudain un regard très doux, tendre et lumineux. Elle ne s'adresse plus à moi mais au petit, ou à la petite, qu'elle voit à travers le carrelage à damier noir et blanc de son salon.

– Moi ? Je voudrais qu'il vienne quand il le voudra, quand il aura choisi le moment. Je suis sûre qu'ils le choisissent. Je ne veux pas qu'on la force.

Elle a soudain parlé du bébé en utilisant le féminin. Je ne peux croire que c'est moi qui ai voulu entendre ce changement. Je déglutis.

– Tu as raison. Il ne faut pas forcer la nature. Laisse venir ce bébé. Il sera magnifique et toi, tu seras une maman merveilleuse.

Au retour, je remarque le rideau métallique de l'épicerie baissé, et la fameuse pancarte : « Fermé pour raisons personnelles qui ne regardent que le propriétaire. » Si Tamar a une fille et si je suis toujours en vie dans dix jours, je demanderai à Herzl quelles sont ses raisons personnelles.

Dans l'escalier, je croise le grand-père Gutmann en route pour sa promenade de sept heures. Il soulève légèrement son chapeau. Je lui rends son salut d'une inclinaison de la tête, en me retenant bêtement de l'arrêter pour lui dire que je lui suis très reconnaissante d'être si pareil à lui-même, tout le temps.

Notre studio est plongé dans l'obscurité du soir. Nathanaël m'accueille en râlant :

– Un plomb a sauté. Je ne peux pas peindre, et ce connard d'épicier a encore fermé.

J'avais ouvert la porte avec l'envie de lui raconter les heures passées avec Tamar, notre frayeur commune, le sentiment que je l'avais sauvée, la phrase qui m'avait percutée. Partager toutes les épaisseurs de l'heure vécue sans lui. Je réfléchis rapidement, pour endiguer la houle que j'entends gronder dans sa voix :

– Je vais demander un plomb à Anastassia Finger-Mayer. Cette femme est du genre à avoir tout ce qu'il faut chez elle.

Il me lance un regard agacé :

– Pourquoi l'appelles-tu toujours par son prénom et son nom ? Tu ne peux pas dire « la voisine », comme tout le monde ?

Tu es injuste.

C'est ce que je devrais dire, et que je ne dis pas.

« Va te faire foutre » serait mieux approprié encore.

Laisse-moi tranquille, dirige tes colères vers quelqu'un d'autre, vers toi, c'est quand même pas ma faute s'il a sauté, ce plomb. J'aime prononcer le nom de notre voisine parce qu'il me fait rêver. Et puis, ne dis pas « ce connard » en parlant de Herzl, tu n'as pas le droit de le traiter ainsi, il nous fait crédit, nous le payons en retard, il proteste juste pour la forme mais il glisse une pita, une brioche ou des pommes dans nos sacs. On lui doit deux mois et demi de courses. Cinq cents shekels. On ne les a pas. On ne le paiera pas avant le 14.

Je dis tout ça mentalement à Nathanaël, le doigt sur la sonnette d'Anastassia Finger-Mayer. Je sonne. J'attends. Le rai de lumière sous la porte et la petite musique étouffée m'indiquent qu'elle est là. La porte reste cependant close. Je sonne encore une fois, un coup timide, mais en vain.

Je retourne dans notre cuisine, perplexe. Les bras autour de Nathanaël, la tête sur son dos, je soupire :

– Remercie Hadj, sa menthe est excellente. J'ai bu trois verres de thé chez Tamar, cet après-midi. Elle est très inquiète, tu sais. On lui a proposé de provoquer l'accouchement…

À quoi ai-je senti qu'il se fichait de savoir ce que la sage-femme avait dit à Tamar ? Pire, que cela ne suscitait chez lui qu'un ennui agacé ? À un tressaillement des muscles du dos ? À sa respiration plus forte ? Au mouvement de quelques millimètres qu'il a eu pour se décoller de moi ? Je me suis mise sur la pointe des pieds pour l'embrasser sur la nuque, des petits baisers rapides, un essaim de baisers légers et sonores, je ne voulais pas lui laisser le temps de m'en vouloir encore. J'ai dit :

– On peut dîner aux chandelles. J'ai faim. J'irai de nouveau chez la voisine tout à l'heure. C'est bizarre, elle a laissé la lumière et la radio allumées, comme les gens qui ont peur d'être cambriolés.

Tout en mangeant il me confie, le regard animé, qu'il aimerait par-dessus tout peindre la guerre. Des ruines, peut-être, des corps désarticulés. Qu'il est temps que la terre tremble de nouveau par ici. Autre chose que les quelques coups de feu échangés avec les Palestiniens ou les milices chiites libanaises. Je lui réponds qu'il a une autre série à peindre, avant. Ses portraits. Une galerie de Tel-Aviv lui a laissé espérer une exposition. Il a un petit rire. Je change de sujet.

– Je m'inquiète pour Komintern. Il a une attitude bizarre, ces temps-ci. Il fuit les autres chats au lieu de les affronter, il miaule beaucoup. J'ai l'impression qu'il attend notre aide.

– Moi aussi. Il a terriblement maigri. On devrait l'emmener chez un vétérinaire.

Nathanaël a une tendresse profonde pour les chats. Il est capable de s'endetter pour soigner Komintern, et cela me fait oublier son désir de guerre et de sang.

J'entends la porte d'Anastassia Finger-Mayer s'ouvrir, puis se fermer, preuve qu'elle était absente, ce qui me soulage inexplicablement. Je débarrasse la table pendant que Nathanaël fume sur le balcon. Je retourne sonner.

Un double d'Anastassia ouvre la porte. À peine plus mince, les cheveux longs. J'ai un mouvement de recul. Elle a l'air gêné :

– Je suis la sœur jumelle d'Anastassia.

– Je suis la voisine de palier.

Nous avons parlé en même temps, ce qui achève de nous mettre mal à l'aise.

– Un plomb a sauté, dis-je en montrant le coupable. Je voulais savoir, enfin, je voulais demander si vous, si votre sœur, en aviez un semblable à celui-ci.

À cet instant, une ombre surgit au fond du couloir. Anastassia Finger-Mayer me lance un sourire chaleureux, un sourire d'une immense bonté :

– Mais bien sûr que j'en ai ! Ne bouge pas.

Elle ouvre un placard, en sort une longue boîte en fer-blanc et me tend l'exacte réplique du plomb fondu.

– Tiens. Ça devrait marcher.

Je la remercie en projetant de lui acheter des fleurs le lendemain. Sa sœur a l'air de plus en plus gênée, pressée de me voir partir. Je m'incline pour remercier une fois de plus et rentre chez nous. Je glisse le plomb dans son rail.

La lumière est.

Nathanaël s'agite, change le chevalet de place, débouche ses pots. Je me couche, rabats la couette sur ma tête. Mes pensées se promènent dans la journée, grapillent des images. Je repense à Tamar. Au fait que je ne m'en suis pas trop mal tirée, aujourd'hui.

Or, qu'est-ce qui est tu ou caché parmi vous ? Qu'est-ce qui n'est pas évident, même pour vos adversaires ? [...] Ô cœurs de fer ! Jetez vos armes ! Devant une patrie qui déjà tombe en ruine, que la honte vous prenne ! Retournez-vous et jetez les yeux sur la beauté que vous trahissez ! Quelle cité ! Quel Temple ! Que de nations représentées dans toutes ces offrandes ! Qui voudrait conduire la flamme sur tout cela ? Qui désire que tout cela disparaisse ?

J'écris, en marge du texte recopié : *La guerre annoncée me semblerait moins absurde si Josèphe était un chroniqueur régulier de* Haaretz *et si Titus était à la place de Schwarzkopf.*

Nous sommes le 15 janvier 1991.

J'essaie de croire à quelque chose d'impossible, j'essaie de croire que demain sera un jour comme les autres, et ceux qui suivront aussi. On n'annonce pas à l'avance le déraillement des trains, les accidents d'avion, les catastrophes naturelles. Comment peut-on fixer un rendez-vous avec la guerre ? Est-ce que les chefs d'état-major alliés ont inscrit sur leurs agendas, à la date de demain : *WAR* ? À sept heures, pile au moment où expire l'ultimatum, ou une heure plus tard ? Mon crâne est un casque dur, il est encore tôt, trop tôt pour prendre l'autobus qui me conduira à l'université, m'installer à une table près de la fenêtre à la bibliothèque, relayer Enrique à la boutique peut-être pour la dernière fois. Je relis la fin du discours de Josèphe. Il y a un mystère à percer chez cet homme, un mystère qui est loin derrière les lignes tracées par l'historien. Ce n'est pas un guerrier qui pleure la destruction proche de Jérusalem, ce n'est pas un fils de prêtre qui est au bord de maudire ses frères, ce n'est pas un chroniqueur qui s'interroge ainsi sur ses semblables. *Or, qu'est-ce qui est tu ou caché parmi vous ?* Seul un être conscient de son propre mystère peut écrire cela. Ou serait-ce son scribe grec qui aurait ajouté à son insu une interrogation perfide ? Il y a bien d'autres passages où il l'a fait sans vergogne, en parlant des Juifs comme d'un peuple aux coutumes si curieuses qu'il en est suspect. Car déjà les Juifs étaient ces êtres sur lesquels au mieux on s'interrogeait, et qu'au pire on haïssait.

Mille neuf cent vingt années après la chute du Temple, Jérusalem tremble à nouveau. Je me sens sœur de Josèphe, chroniqueur de Vespasien, puis de Titus, et cousin de Bérénice. Je voudrais écrire quelque chose au cas où tout ici serait détruit demain, quelque chose qui resterait, qui témoignerait.

Oui, mais quoi ? Comment saisir l'essentiel ? Distinguer ce qui, dans le présent, sera important une fois transformé en passé ?

Les supermarchés sont vides. La presse affiche dans des encadrés des numéros qu'on peut appeler en cas d'urgence, les étudiants étrangers ont déserté le campus. Ils faisaient les fiers en début d'année, ils disaient qu'ils ne partiraient pas, qu'ils ne craignaient pas une petite brute irakienne, mais ils ont cédé un à un aux appels des mères affolées et des pères inquiets, ils ont pris l'avion la tête basse. Des Américaines ont sangloté dans les bras d'Argentins, des Anglais ont donné l'accolade à des Français, ils ont fui les regards des Israéliens, mal à l'aise. Nous, on part et vous, vous n'avez pas où aller. On vous laisse, on vous lâche, pardon, c'est pour rassurer les parents. Si nous étions un peu plus vieux, un peu moins dépendants, un peu moins occidentaux, nous serions restés avec vous pour partager ça.

Quelle est la vérité de ce jour ? Dans quels gestes, dans quelles paroles ? Les écoles ne sont pas fermées mais nombreux sont les parents qui gardent les enfants à la maison. Tamar et Gil ont installé une sorte de couveuse dans la chambre du bébé. Il n'existe pas, bien sûr, de masques à gaz taille naissance. Alors on a fabriqué des couveuses avec des filtres spéciaux en série. Tous les citoyens de plus de sept ans connaissent le gaz moutarde, quels sont les premiers symptômes d'une contamination (sensation de chaleur, d'étouffement, accélération du rythme cardiaque), tout le monde a repéré – plus ou moins –, sur la cuisse, l'endroit où il faudra faire la piqûre d'atropine. Des experts racontent l'évolution des armes chimiques de la Première Guerre mondiale à nos jours, des psychologues donnent des conseils aux parents pour préparer les enfants au pire, ou juste à la panique, des assistantes sociales demandent à chacun de s'assurer qu'il n'y a pas dans son entourage de personne seule et âgée qui ne saurait pas, le moment venu, mettre correctement son masque (dévisser le bouchon du filtre, pencher la tête vers l'avant, caler le menton dans le calot prévu à cet effet, plaquer le masque sur le visage, le filtre en face du nez, serrer les lanières inférieures le long des mâchoires, puis les lanières supérieures au-dessus des oreilles, s'assurer qu'il n'y a pas de buée dans les hublots, et s'il y en a, tout recommencer depuis le début).

Le quotidien *Maariv* a titré sur cinq colonnes :

ILS SONT MORTS MALGRÉ LES MASQUES.

Et, en plus petit : *Les journaux irakiens ont fait part d'une « expérience » ordonnée par le pouvoir. Des détenus kurdes portant des masques similaires aux masques israéliens ont été enfermés dans une pièce remplie d'un nouveau gaz. Ils ont tous succombé très rapidement.*

Réjouissant.

Réconfortante, la presse.

Propagande ?

Et si oui, de qui ?

Saddam, pour nous démoraliser ?

Les Alliés, pour justifier un peu plus l'attaque imminente ?

Nathanaël gémit dans son sommeil. Il m'a dit hier en me caressant les cheveux que tout ira beaucoup mieux une fois que les missiles tomberont, qu'on vivra enfin quelque chose de violent, d'intéressant, qu'il n'en peut plus de nos vies tièdes et moites. Son regard est de plus en plus fiévreux, il gâche une toile par jour, bâcle des paysages explosés, des corps déchiquetés. Quand il attend la guerre avec impatience, j'ai l'impression d'avoir soudain un trou béant à la place du cœur.

Je ferme la porte doucement derrière moi. Il n'ira pas travailler aujourd'hui, il a dit qu'il voulait peindre, qu'il n'allait quand même pas passer ses dernières heures à faire le zouave devant un bâtiment de l'administration israélienne à Jérusalem-Est en discutant avec Hadj pour passer le temps. « Agent de sécurité » : il vomit ce terme, il vaut plus que ce titre et cette arme contre sa hanche. Il ne peut plus s'abaisser, s'encroûter, mener une existence minable. Il va peindre ce qu'il a au fond des tripes depuis toujours.

En attendant il dort encore d'un mauvais sommeil, en se débattant parfois, en fronçant les sourcils, et tout à l'heure, à la vue de son visage hostile même les yeux fermés, un goût de bile a envahi ma bouche.

Je croise le grand-père Gutmann, plus matinal que d'habitude. Il me salue et se sent obligé de me dire :

– Aujourd'hui, je vais faire une promenade plus longue. Deux fois plus longue.

Au lieu de tourner à gauche pour rejoindre la rue Aza, je prends à droite : Herzl ouvre son épicerie alors que les étoiles brillent encore. Il doit être sur le pas de sa boutique, en train de guetter les retardataires qui traînent des pieds pour le payer. Ça m'ennuie terriblement d'avoir une dette envers Herzl, et d'être trop lâche pour l'affronter.

En haut de la rue, j'aperçois Komintern allongé sous un saule, les yeux mi-clos. C'est vrai qu'il a maigri. Il n'est pas efflanqué mais il a perdu sa graisse de gros matou. Il lève vers moi des yeux abattus. Je m'agenouille pour le caresser. Il ronronne. Je m'assieds et le laisse se blottir contre moi. Je n'ai jamais osé le caresser autant, j'avais peur d'éventuelles maladies, je ne pouvais m'empêcher de penser qu'il traînait dans les poubelles mais aujourd'hui tout a changé, il est plus maigre, plus fragile, et moi je me sens pleine d'une tendresse dont je ne sais trop que faire. Pleine d'une impatience fébrile, aussi. Je chuchote à son oreille :

– Je me souviens d'un test que j'ai fait vers quatorze ans, un test géant en cinquante questions : « Découvre ta vraie personnalité. » C'était mon rêve. Il y avait une question à laquelle j'avais longuement réfléchi :

On t'annonce qu'il te reste vingt-quatre heures à vivre. Que fais-tu ?

a) Tu continues à vivre normalement ;

b) tu ne dors pas, tu fais la fête toute la journée ;

c) tu passes ton temps à dire à tes parents, tes amis, ton copain que tu les aimes ;

d) tu uses dix boîtes de Kleenex ;

e) tu fais quelque chose de fou, d'extraordinaire.

Comme souvent, j'avais été déçue par les choix

proposés. Je m'étais dit alors qu'il était certainement impossible de faire dévier le cours de sa vie en si peu de temps. J'avais dû faire un choix, pourtant, mais je ne me rappelle plus lequel.

Alors ça y est, Komintern. Il nous reste vingt-quatre heures, le temps qu'on a appelé « l'ultimatum » prend fin. Vingt-quatre heures de vie et je ne sais comment les remplir, comme lorsque j'ai du temps libre et que je peux entrer dans un café, un magasin, flâner, mais je suis incapable de décider, je ne veux pas choisir, toute décision me semble lourde de conséquences, trop lourde de conséquences et donc impossible à prendre, je regarde à droite, à gauche, tétanisée par les secondes qui s'égouttent en moi, ploc, ploc, ploc, ou s'égrènent dong, dong, dong, le temps coule dans mes veines et il est soudain poison parce que je n'en fais rien, je suis debout dans la rue Hillel, traversée par des dilemmes insolubles, le temps libre s'annule, s'efface, meurt sous mes yeux, et on ne peut pas appeler ces secondes-là des secondes de vie, c'est de la non-vie, qui n'est pas la mort non plus, mais la négation de la présence dans l'instant. Je suis debout sur un trottoir, je pourrais rentrer chez moi puisque je n'ai envie de rien mais je n'avais pas prévu de rentrer chez moi, j'avais une envie floue d'être en ville, de faire quelque chose qui me ferait plaisir et rien ne me fait envie, au contraire, je suis de plus en plus malheureuse de ne pouvoir décider, effrayée, dans une immobilité douloureuse, et je sais que plus le temps passe plus cette sensation va devenir violente, insupportable. Je suis debout dans Jérusalem, des gens marchent autour de moi, le fleuve des passants se sépare en deux bras parce que je suis là, plantée au milieu du trottoir, petite île qu'on bouscule, contre laquelle on peste ou qu'on ne voit pas, je voudrais m'enfoncer dans le bitume et réapparaître une autre fois, un autre jour, quand pousser la porte d'un café ne s'accompagnera d'aucune question angoissante, quand je serai vieille.

Anastassia Finger-Mayer passe devant moi. Je lui fais un signe de la tête, un sourire, un « bonjour » rentré dans la gorge qu'elle ne peut entendre de là où elle est mais qu'elle pourrait deviner, si elle regardait dans ma direction. Son visage est plus éclairé que jamais, il illumine ce matin triste d'avant-guerre d'une douce lumière. C'est un visage de femme qui se rend à son premier rendez-vous d'amour, à grandes enjambées, la démarche vive et conquérante.

La terreur nous saisit au milieu de la nuit. Un son a déchiré nos rêves et brutalisé nos corps au repos. Au téléphone, un ami de Nathanaël nous informe que les Alliés bombardent l'Irak. Le couvre-feu est décrété en Israël. Ne plus sortir. Se terrer chez soi. Se tenir prêt. Avoir son masque à portée de main. Nathanaël sourit. Je regarde le plafond. Il va s'écraser sur nous, j'en suis sûre. Dans quelques heures, les murs se seront affaissés sous la pression et plus rien ne les empêchera de nous broyer. Mettre de l'eau dans la bouilloire, faire du thé. Avoir le sentiment que l'expression « faire du thé » est synonyme de temps de paix, de douceur, de lenteur. Je dis à haute voix :

– Je vais faire un thé.

Je plaque ma langue contre mes dents pour produire le son « T », un son léger, distingué, un son qui dit une odeur, une sensation. Si je peux encore prononcer cette phrase, rien n'a changé.

Le brûleur droit de la cuisinière ne s'allume pas. Le gauche non plus. Je grille une vingtaine d'allumettes. Je ne veux pas me rendre à l'évidence : il n'y a plus de gaz. Je m'obstine. Pourtant, le constat est là. Inébranlable. Je retourne vers le matelas où Nathanaël écoute la radio en tirant sur sa cigarette.

– Il n'y a plus de gaz, lui dis-je, au bord des larmes.

– Quelle importance ? On va bientôt être livrés par les Irakiens. Et gratuitement, en plus.

J'aimerais être cynique, comme lui. Me moquer de la situation. Mais les larmes jaillissent.

– Viens ici, viens contre moi. Je vais te caresser les cheveux, tu vas oublier le thé et le reste. Viens, viens dormir près de moi.

Il a le ton qu'on prend pour parler aux enfants réveillés par un cauchemar. Je redouble de sanglots. Je sens que c'est une erreur de pleurer ainsi, une capitulation, je ne sais pas bien pourquoi. Je m'allonge contre lui. Corps crispé. Visage mouillé. Des mots brûlent devant mes paupières closes, éclats de phrases dynamitées, lettres brillantes que je ne peux déchiffrer mais une chose est sûre : les verbes sont absents.

Nous nous réveillons vers midi. La radio annonce que les Alliés ont déjà gagné la guerre. L'armée irakienne n'était qu'une armée de papier, ou de carton-pâte, selon les commentateurs. Nous avons été effrayés par quelques marionnettes. Nous sommes si forts et eux, si rien. C'est donc fini, ou presque. La Tempête du désert s'est calmée. Mais il faut rester sagement enfermés, attendre encore avant de sortir de nos grottes. Je pense à Komintern avec inquiétude. Le téléphone sonne deux fois. Mon père, ma mère, ma grand-mère. Mon petit frère, lui, n'a pas demandé à me parler.

J'appelle Tamar.

– J'ai mangé comme quatre depuis ce matin. On avait une entrecôte de quatre cents grammes, je l'ai dévorée en deux minutes. J'ai envie de viande rouge, saignante, de beurre frais. Des grosses tartines avec du beurre frais. Et du chocolat, par tablettes immenses, épaisses. J'ai envie de mastiquer, broyer. Je veux me remplir en mordant férocement.

– Moi, j'ai envie d'un thé.

– Eh bien, va le préparer, et rappelle-moi.

– Je ne peux pas.

– Qui t'en empêche ? L'hurluberlu qui peinturlure ?

Tamar n'a jamais porté Nathanaël dans son cœur, c'est un fait. Mais ses petites phrases qui le prouvent m'ébranlent toujours.

– Ne dis pas ça. On n'a plus de gaz.

Elle pouffe. Nous bavardons encore. La force qui l'habite est perceptible dans sa voix. J'ai l'impression qu'elle est en train de rassembler toute son énergie pour tracer un sillon dans la jungle, gravir des montagnes, aller chercher son bébé dans l'endroit le plus obscur et le plus isolé de la terre, et l'amener à la lumière.

Nathanaël peint. Je me glisse contre son dos. Il dit : Attends, d'un air distrait. Je me réfugie dans la cuisine, hésite à allumer la radio, mets une cassette de Gainsbourg. *C'est moi qui t'ai suicidée, mon amour/Moi qui t'ai ouvert les veines, je sais/Maintenant tu es avec les anges, pour toujours/Pour toujours et à jamais.*

Je fantasme sur le thé que je ne boirai pas. Vois

le liquide brun aux reflets dorés, la grande tasse fumante. Il coule dans ma gorge, sucré et âpre, je me brûle parce que je n'ai pas eu la patience d'attendre, j'en bois plusieurs gorgées, je fais claquer ma langue. Remontent alors à la surface ces jours de Kippour où je jeûnais, où je rêvais des plats que j'aimais. Je les faisais défiler sous mes yeux dans une vaisselle fine, en me maudissant d'avoir laissé parfois mon assiette à moitié pleine, les jours où manger était un acte presque mécanique.

Et ce fut le soir. Et ce fut la seconde nuit.

Et soudain, des hurlements. Ils naissent dans un cri plaintif, sourd, s'élèvent, prennent de l'amplitude jusqu'à devenir déchirants, des cris de terreur et de colère.

Mes mâchoires se crispent. Je secoue Nathanaël. Il gémit mais ne se réveille pas pour autant. Je m'affole, les cris redoublent d'intensité. Il ouvre enfin les yeux :

– Quoi ?

– Écoute, Nathanaël, écoute les cris d'Anastassia. Elle a besoin d'aide. Va voir.

Il marmonne que ce n'est pas une heure pour se faire égorger et se dirige vers la porte. Je lui fais remarquer qu'il est nu. Il hausse les épaules et noue une serviette autour de ses hanches.

Il sonne.

Je ramène la couette vers moi. Mes mains sont glacées.

Il frappe et sonne.

Le silence est total.

Il revient près de moi.

– Tu as dû rêver.

– Mais tu l'as entendue, non ?!

– J'en sais rien. Tu m'as dit qu'elle criait alors j'ai entendu des cris. Allez, rendors-toi.

Il me tourne le dos. Je me blottis contre lui. Je me raconte que dans quelques heures, si tout va bien, le couvre-feu sera levé, nous pourrons sortir et j'avalerai des litres de thé chez Tamar ou dans la Vieille Ville, chez Hadj, puis nous commanderons une bonbonne de gaz et nous pourrons manger chaud, faire bouillir de l'eau, et la guerre sera dans ma mémoire ce temps où j'étais enfermée sans thé…

Anastassia gémit. Je crois entendre son souffle. Elle doit être collée au mur. Des pleurs secs, inconsolables.

Je n'ose pas réveiller Nathanaël de nouveau. Il se moquerait de moi ou, pire, s'emporterait. Je respire à peine. La peur a gagné tout mon corps, j'ai le vertige, les membres figés par l'antique terreur nocturne.

Je pense aux oiseaux qui fuient avec des piaillements stridents les lieux des grandes catastrophes. Anastassia a senti quelque chose, j'en suis sûre. Cette femme est mystérieuse, quoi qu'en pensent Tamar et Nathanaël.

Le sang circule de nouveau jusqu'à la plante de mes pieds. Une tiédeur m'enveloppe, ma respiration me berce. Je sombre dans un sommeil blanc et cotonneux, le silence laisse la place aux pensées décousues de l'avant-sommeil, aux images qui se présentent, se déforment, s'effilochent…

– Connie, l'alerte !

La sirène ne doit pas être très loin, à quelques maisons d'ici. C'est ce qui me semble, en tout cas, tant ses vibrations lugubres pénètrent en moi sans aucune résistance.

Nous nous agitons. J'embarque la radio, une bouteille d'eau et un paquet de biscuits ouvert sur mon bureau. Nathanaël a saisi les masques, les rouleaux de scotch et les serpillières.

– Dépêche-toi ! m'intime Nathanaël, tandis que je lance un regard circulaire sur la pièce, un regard de panique et d'indécision.

Ce n'est pas le moment de réfléchir. Il faut agir, vite. Entrer dans la pièce hermétique, l'isoler avec le scotch et les serpillières mouillées, mettre les masques, allumer la radio, attendre les instructions. Je sais tout ça. Je refuse cependant d'accomplir ces gestes. S'enfermer. Quitter livres, notes, photos, lettres. Et ne plus les revoir, peut-être.

Mourir.

Ou survivre à la destruction.

Quelque chose en moi se tord.

– Mais tu viens, bordel ?! crie Nathanaël.

Et si je ne venais pas ? S'enfermerait-il dans la salle de bains sans moi ? Choisirait-il de se protéger et de m'abandonner au danger ? La sirène déchire le silence, le domine, c'est une sensation unique : j'entends à la fois le silence et le bruit de la sirène, qui se superposent sans s'annuler. Je compte dix-huit secondes entre le début et la fin de chaque mugissement.

– Mais tu viens oui ou merde ?! s'impatiente Nathanaël, et je ferme les yeux, tout est à l'envers, je vais me réveiller peut-être, m'apercevoir que ce cauchemar est né de l'autre côté de la cloison, dans les cris d'Anastassia Finger-Mayer, les rêves et les cauchemars ont le pouvoir de transformer un coup de sonnette en déclaration de guerre, un sursaut en tremblement de terre.

– Allez, VIENS ! ordonne Nathanaël en me prenant par le bras.

Il serre un peu, juste au-dessus du coude, me fait mal.

– Lâche-moi ! Tu n'as pas le droit de me tirer comme ça !

Il ne répond pas, m'entraîne de force vers la salle de bains. Je m'agrippe à l'encadrement de la porte de la cuisine, mais il est plus fort que moi. Affolée, je cherche à quoi me raccrocher. *La Guerre des Juifs* est à portée de main, je le saisis, résiste encore à Nathanaël qui hurle, pour couvrir la sirène :

– Constance, viens, tu m'entends ? On est en danger. Les missiles sont peut-être déjà tombés, le gaz en train de se répandre. Viens, s'il te plaît !

La sonnerie du téléphone se joint à la sirène. Mes parents, j'en suis sûre, sont déjà informés de ce qui nous arrive. De ce qui arrive à leur fille aînée.

Je lâche prise.

Le miroir confirme que nous avons subi une métamorphose. Visages de caoutchouc noir, yeux de mouche au-dessus d'un drôle de groin, des insectes prêts à butiner la mort. La sirène hurle toujours. Nathanaël tourne le bouton de la radio d'un geste agacé. Musique, musique, musique. Les tubes du moment. Gidi Gov et Yehudit Ravitz. Leurs voix chantent comme si la nuit était tranquille, comme si aucune sirène ne nous secouait depuis près de dix minutes.

Nos yeux s'écarquillent derrière les hublots. De quelle farce s'agit-il ? Pourquoi personne ne nous dit ce qui se passe, ce que nous devons faire ?

Je pense au premier poème appris en hébreu, un poème de Nathan Zach, *Saül écoute de la musique.*

Première hypothèse : nous faisons partie des rares survivants, condamnés à vivre jusqu'à la fin de nos jours avec ce hurlement qui monte et descend, cette torture pour les nerfs.

Deuxième hypothèse : Nathanaël et moi entendons des voix. Il existe certainement chez certains couples des cas de schizophrénie symbiotique. Mais sommes-nous un couple à ce point fusionnel ?

Troisième hypothèse : c'est la guerre, la panique, la mort, le sang, les poumons brûlés, et quelqu'un a pensé que la musique apaise l'homme, que mourir ignorants et en musique était ce qui pouvait nous arriver de moins pire.

À vrai dire, je ne crois à rien de tout cela. Nous vivons un instant figé, enserrés dans le bruit de la sirène, les chansons douces et gaies de Gidi Gov, et notre incompréhension. Enfermés dans le présent, enfermés dans notre salle de bains, prêts à mourir héroïquement ou lâchement, quelle importance, personne n'est là pour témoigner, l'ennemi lui-même est invisible. La sirène nous le signale, mais il est impossible de savoir si le danger plane sur nous, s'infiltre sous nos portes, fonce vers notre maison, s'il a déjà frappé ou n'est encore que menace.

Les masques à gaz n'ont pas été conçus pour les conversations. Nous émettons des bruits de nageurs qui parlent sous l'eau. Les mots ont soudain un sens pour celui qui les dit, mais pas pour celui qui les entend. Nous nous adressons des signes de la main, le pouce levé pour signifier que tout va bien, les yeux crispés dans un sourire qui se veut rassurant.

C'est avec cet homme que je vis peut-être les derniers instants de ma vie, pensé-je soudain.

Il prend mes mains dans les siennes, les presse, les réchauffe.

Nos vies ne peuvent pas s'achever ici, ainsi. La mort dans cette nuit de vacarme n'est pas dans l'ordre des choses, ne peut pas clore les années écoulées depuis notre naissance. Je ne perçois aucun enchaînement logique entre ce que nous avons vécu et cette conclusion. La fin de nos vies serait une aberration. Pas un achèvement, l'envers de la naissance, mais une coupure brutale et absurde. Je refuse de m'y résoudre.

Pas encore.

Et c'est là qu'un soldat, sans attendre les ordres, sans être effrayé par une telle initiative, mû par une sorte d'impulsion surnaturelle, arracha un brandon aux boiseries de feu et, soulevé par un de ses camarades, jeta ce brandon par une petite porte qui donnait accès, du côté nord, aux habitations entourant le Sanctuaire. Les flammes jaillirent et provoquèrent chez les Juifs une clameur digne de la catastrophe.

La sirène s'interrompt brusquement, tandis qu'une voix froide s'élève du poste de radio : « En raison d'une attaque de missiles irakiens sur Israël, il est demandé à la population d'entrer dans les chambres hermétiques, de mettre les masques à gaz, et d'attendre des instructions supplémentaires. »

Le cœur au triple galop. J'ai chaud dans la poitrine, dans mes tempes. Mon visage prend feu.

C'est donc vrai.

Quelqu'un l'a dit, quelqu'un a prononcé les mots « une attaque de missiles irakiens sur Israël ».

Jamais je n'avais imaginé entendre un jour cette

phrase s'élever d'une petite radio à Jérusalem, en face d'un homme qui m'inspire tendresse et peur.

Je pense à mes parents, à mon petit frère, à Tamar, au professeur Feist, à Herzl, à Anastassia Finger-Mayer, au vieux Gutmann, au garçon dans la cuisine de Tamar, à Enrique.

Au bébé de Tamar.

Leurs visages flottent devant mes yeux, s'approchent, s'éloignent, je voudrais les saisir, les toucher, poser les mains sur eux, épouser leurs contours, entrelacer mes mains avec les leurs, être vivante avec eux.

La chaleur a envahi tout mon corps à présent. J'ai du mal à expirer, l'air s'accumule dans les poumons. Un souffle brûlant incendie mes voies respiratoires. Des picotements parcourent mon visage, s'étendent...

La sensation d'étouffement grandit. Mon larynx s'est durci, rétréci, ma poitrine va exploser.

D'une main tremblante, je désigne à Nathanaël la piqûre d'atropine. Je baisse le jean que je ne me souviens pas avoir enfilé et l'implore du regard, de mes mains agitées, de planter l'aiguille dans ma cuisse et de me sauver, ou de prolonger ma vie de quelques minutes inutiles auxquelles je ne veux pas renoncer.

Il pose un doigt sur sa bouche, ou plutôt sur le filtre de son masque. Fait un geste apaisant de la main droite. Respire exagérément et lentement, en m'encourageant de la tête à faire de même. Il quitte le rebord de la baignoire où il est assis depuis le début de l'alerte tandis que j'ai élu domicile sur les toilettes, me soulève doucement, tente de me serrer contre lui mais ce n'est pas pratique avec nos masques et nos groins. Il presse mes épaules entre ses mains, me masse les bras. Je respire lentement, l'air s'évacue peu à peu, le feu me quitte.

La voix mécanique et grave de la radio répète quatre fois la même phrase, puis un porte-parole de l'armée, aux accents plus chaleureux, explique que plusieurs missiles sont tombés sur le sol israélien, que des vérifications sont en cours, qu'il n'y a pas lieu de paniquer, qu'il faut garder son sang-froid et calmer les enfants. Il suggère à ceux qui se sentent mal d'enlever leur masque le temps de boire. Il insiste là-dessus : Buvez (de l'eau minérale), rafraîchissez-vous, donnez à boire aux enfants.

Il nous soûle de paroles, répète que tout va bien, qu'il ne faut pas paniquer, qu'il faut boire, il prononce sans cesse les mêmes phrases mais pas dans le même ordre, avec le même ton apaisant. Il s'appelle Nachman Shaï. Ce qui signifie, en hébreu, « miséricordieux cadeau ».

Trois heures plus tard – il doit faire jour sur des paysages dévastés ou intacts –, il autorise tous les habitants du pays à ôter leurs masques, sauf ceux de Tel-Aviv et de Haïfa.

Nous contemplons notre appartement comme s'il avait été cambriolé, ou dévasté par un ouragan. La lumière blanche du jour se glisse dans la pièce et se heurte à la *Nature agonisante* de Nathanaël. Les oiseaux chantent, nichés dans le cèdre tout proche. Nous avons des gestes lents, des visages ahuris, nous voudrions voir sur les meubles, sur les murs, dans la rue, la trace de cette nuit folle mais rien, rien ne dit l'horreur de la sirène dans le noir, et la peur que nous avons eue de notre propre mort.

– Quand j'étais petite, dis-je à Nathanaël, on a annoncé l'invention d'une bombe qui détruisait toute vie mais laissait les immeubles et les objets intacts. J'y pensais souvent.

Il me fait signe de me taire, monte le son de la radio.

Des journalistes, des hommes politiques, des envoyés spéciaux parlent, analysent, commentent, dissèquent, remplissent l'espace de paroles. L'armée irakienne est donc plus puissante qu'il n'y paraissait, Saddam Hussein a osé, Israël va-t-il riposter, quelles sont les réactions dans les capitales occidentales ? Que dit Moscou ? Et le monde arabe ? Un habitant de Tel-Aviv a enfreint les consignes : il est monté sur le toit de sa maison, a vu une lumière déchirer le ciel, puis deux, puis trois, il a entendu un sifflement, un boum, deux boums, trois boums. Le journaliste lui demande s'il n'a pas honte d'avoir risqué sa vie par curiosité. On passe à l'antenne des habitants de Haïfa, des gens racontent que les explosions ont *précédé* la sirène de plusieurs minutes. Une mère de famille proche d'un lieu d'impact dont elle doit taire le nom pour des raisons de sécurité décrit la panique qui a saisi ses cinq enfants, et la difficulté à leur faire enfiler les masques. J'écoute avec attention. C'est curieux, personne ne semble décrire la solitude profonde et muette dans laquelle je me suis trouvée pendant quelques heures.

– Qu'est-ce qui t'a pris, cette nuit ? Pourquoi tu ne voulais pas entrer dans la salle de bains ?

Je fixe la lumière qui vire du blanc au doré sur la toile.

– Pourquoi tu ne voulais pas entrer dans la salle de bains, Constance ?

Je jette un coup d'œil aux chiffres rouges du réveil.

La sonnerie du téléphone me dispense de répondre. Nathanaël décroche.

– Bien. Oui, oui, en vie et entiers. Je vous passe Constance.

La voix plaintive et anxieuse de mon père, la litanie de ma mère. On a eu si peur, Constance, si peur ! Tu vas bien ? Tu m'assures que tu vas bien ? C'est la mère de Lunabella qui nous a appelés, tu te souviens de Lunabella, elle était avec toi en CE1 ou en CE2 ? Eh bien son frère, je veux dire le frère de la mère de Lunabella, il habite en Israël, près de Tel-Aviv, quelque chose comme Petra-Tiqva. Il lui a téléphoné pour lui annoncer l'attaque avant qu'on l'annonce à la télé et elle nous a appelés aussitôt pour nous prévenir, elle sait que tu vis là-bas, je l'ai rencontrée l'autre jour chez le boucher, elle m'a demandé de tes nouvelles. Au fait, Lunabella va se marier. Avec un polytechnicien, tu te rends compte ? Mais pourquoi je te dis tout ça, ma chérie ? C'est l'émotion, la peur. J'ai tremblé toute la nuit pour toi, c'était affreux de te savoir là-bas, d'être sans nouvelles, et du coup ça part dans tous les sens… Pourquoi n'es-tu pas rentrée tant qu'il était encore temps ? Les avions ne décollent plus de Tel-Aviv, qui sait ce qui va arriver, si les Israéliens vont riposter ou pas ? Ton père dit qu'ils vont riposter à coup sûr. Mon Dieu, mon Dieu ! Tu penses qu'ils peuvent utiliser la bombe atomique ? Ton père dit que oui. Constance, on a eu si peur pour toi ma chérie. Le frère de Claire – la maman de Lunabella, tu te souviens, elle s'appelle Claire –, il a un téléphone sans fil, il a pu lui téléphoner pendant qu'ils étaient dans la chambre à gaz. Comment, Victor ? J'ai dit « la chambre à gaz » ? Ce n'est pas possible, tu te trompes. Tu as entendu ça, ma chérie ? Oh mon Dieu, mon Dieu, j'ai vraiment dit ça ? Quelle horreur ! Je n'ai pas dormi de la nuit. Je te disais que le frère de Claire a un téléphone sans fil, il a pu être en contact avec elle y compris dans la chambre… la… la pièce hermétique comme vous dites. Dis, ma chérie, tu ne pourrais pas t'acheter un téléphone sans fil ? On peut t'envoyer de l'argent par mandat postal, on n'est pas à cinq cents francs près, je sais que vous ne gagnez pas grand-chose tous les deux et que la vie est chère. Ou mieux : si tu rentrais ? Si tu revenais près de nous ? Je ne vais pas pouvoir tenir longtemps comme ça. Tu penses que je suis égoïste et possessive, mais c'est le cœur d'une mère qui parle, on ne peut pas faire taire le cœur d'une mère, tu verras ma chérie, quand tu auras des enfants, tu seras dévorée d'inquiétude jour et nuit pour eux, ton cœur ne battra plus que pour eux, tu seras prête à mourir, à te sacrifier pour leur bien. Dis, ma chérie, vous avez suffisamment à boire ? Et à manger ? Vous avez fait suffisamment de provisions ?

Je l'ai fait taire d'une voix lasse mais convaincante. Je lui ai dit que j'avais mal à la tête, que je n'avais pas beaucoup dormi. C'était vrai. Mon regard s'est attardé sur le combiné couleur café crème. J'ai eu envie de la rappeler parce que je l'ai soudain revue dans une robe à fleurs mauves qu'elle aimait beaucoup et qu'elle a porté longtemps, au moins dix ans. Elle avait encore les cheveux longs, châtains, le visage fin, un air juvénile.

Elle m'attend à la sortie de l'école, en dernière année de maternelle. Je suis dans la classe de Mme Vanier, au rez-de-chaussée, nous sommes les premiers à sortir. Elle me tend un paquet. Tiens, c'est pour toi, me dit-elle avec un sourire malicieux. J'ouvre le paquet. Un singe en peluche, avec une queue interminable. L'exacte réplique du petit animal qui ne nous a pas lâchées du regard, la semaine précédente, au zoo. Je m'élance vers elle, la serre fort, me repaît de sa taille souple au creux de mes bras, de son odeur de savon, de sa douceur. Elle est belle, jeune, tendre, rieuse.

– Tu vas me dire pourquoi tu ne voulais pas entrer dans la salle de bains, la nuit dernière ?

Le cri fuse. Un cri qui m'écorche la gorge, d'une violence qui m'a toujours été étrangère :

– Merde, et merde et merde !!! Tu vas me laisser tranquille, à la fin ?

Et avant qu'il ait le temps de faire le moindre geste, dans une détente fulgurante, je saisis mon blouson et ma besace, bondis vers la porte et dévale l'escalier. Au moment où la grille claque dans mon dos, avec son grincement habituel, j'entends sa voix assourdie, suppliante, qui déclenche en moi un début de fou rire amer :

– Constance, reviens ! Constance, tu es folle ! Mais reviens je te dis ! Oh, et puis…

Je cours comme je n'ai jamais couru de ma vie. C'est une course animale, tout mon corps est mobilisé, je ne suis qu'enjambées, ressorts, muscles au travail, souffle bruyant, et la besace qui bat sur ma cuisse droite me semble très incongrue, les tigresses ne s'encombrent pas d'un sac.

Le gibier, oui.

Mais un gibier qui a flairé le danger à temps.

Il ne me suivra pas. Je me sens pourtant poursuivie. J'évite la rue Aza, qu'il emprunterait certainement s'il allait à ma recherche, je bifurque vers la rue Ramban, repère les cachettes possibles, les endroits où je pourrais me terrer, où personne ne me trouvera. Je ne suis qu'une boule d'instinct et de sens, mais c'est dur de courir et de pleurer à la fois. Je cesse brusquement d'être un animal en fuite, m'effondre sur un petit escalier de pierre, les sanglots me secouent. Des mouvements saccadés, une plainte, une voix grave que je ne reconnais pas et qui se lamente, la tête dans les mains, je m'entends gémir Non, non, non, je suis un mélange de larmes, de hoquets et de sons inarticulés, une masse sans contour précis, incolore, une substance faite de lumière aveuglante et d'obscurité épaisse, je plaque les doigts sur mon front, m'attends à ce qu'ils pénètrent à l'intérieur de mon crâne. Mes mains montent dans mes cheveux, descendent jusqu'à la nuque, se résignent à ce que la boîte crânienne soit si dure, mes doigts s'agrippent les uns aux autres, se croisent, ma vue est encore brouillée par les larmes mais je distingue peu à peu mes membres, et le dessin de mousse qui recouvre la marche inférieure de manière aléatoire et incompréhensible.

– Tu as besoin d'aide ?

Une fenêtre s'est ouverte au-dessus de ma tête. La voix sévère appartient à une dame maigrichonne aux cheveux argentés.

– Non, merci, madame.

– Tu es sûre que tu n'as besoin de rien ? Tu sais que le couvre-feu n'est pas levé ? Pourquoi es-tu dehors ?

Je balbutie que j'habite tout près, que j'ai fait un saut chez ma grand-mère pour la rassurer après l'alerte. Je pense que les mots « ma grand-mère » devraient faire de moi quelqu'un d'innocent. Elle me lance cependant un regard soupçonneux. J'ai peur qu'elle appelle la police. Je saute sur mes jambes, m'efforce de ne pas vaciller et m'enfonce dans la ruelle la plus proche d'un pas rapide, en lui adressant un signe ridicule de la main, sans la regarder.

Ma démarche est de plus en plus assurée. Depuis une minute, j'ai un but précis dans cette ville. Une maison vers laquelle je me dirige.

Sur la porte, ils ont cloué une petite planche en bois rose :

Tamar et Gil sont heureux de vivre ici.

Je frappe. Je sonne. Je frappe de nouveau, l'index replié, doucement, comme on supplie une porte de s'ouvrir, tout en sachant qu'elle restera fermée.

Je m'assieds dans la cage d'escalier. La minuterie s'éteint. Et soudain, dans l'obscurité, je comprends.

– Je me disais bien qu'il y aurait quelques fous pour sortir, même par temps de guerre, dit-il en me lançant un coup d'œil dans le rétroviseur. Quelle drôle de nuit, hein ? Il nous a bien eus, l'autre moustachu. Tu as remarqué que les dirigeants dangereux étaient souvent moustachus ? Tiens, prends Hitler. Tous pareils, les antisémites : bruns, mégalos et moustachus. Faut pas avoir fait l'université pour voir ça.

Je glisse qu'il existe un nombre assez considérable de Juifs bruns et moustachus. Peut-être même mégalos. Il répond : C'est pas pareil, d'un air bougon, et je me demande quelle mouche m'a piquée pour démolir les théories d'un chauffeur de taxi qui a eu la bonté de passer devant moi en plein couvre-feu. Je ferme les yeux et me répète : il ne faut pas que je me retourne, que je pense à la nuit dernière, à ma fuite de la maison, au moment où il faudra rentrer. Il ne faut pas que je pense à mes parents. Ni à mon frère.

– Tu vas être à l'hôpital en un clin d'œil, ce sera la course la plus rapide de tous les temps à Jérusalem. Tu es infirmière ?

– Non, je vais rendre visite à quelqu'un.

Sur son visage s'inscrivent les mots « curiosité » et « compassion ».

– Quelqu'un qui va mal ?

– Non. Qui va très bien. Enfin, je crois. C'est ma sœur. Elle a accouché cette nuit.

– Elle a bien choisi sa date. Un garçon, une fille ?

– Je n'en sais rien.

– Et toi ? Tu es mariée, tu as des enfants ?

– Non.

– Un petit copain, alors ?

– Oui.

– Il fait quoi ? Il a un bon métier ?

– Il est peintre. Mais il travaille dans une boîte de gardiennage pour gagner sa vie.

Je suis mal à l'aise. Il est impossible de ne pas répondre à des questions aussi directes. En quelques secondes, le chauffeur de taxi israélien en sait plus long sur vous que vos amis. Il vous arrache la vérité. Vous place face au résumé froid de votre vie.

– Ah, un artiste ! C'est bien, il faut de tout pour faire un monde. Moi, j'aime chanter, j'aurais sûrement pu devenir chanteur mais j'ai dû commencer à travailler trop jeune, et puis je n'ai pas de *protektsia*.

Je me contente de hocher la tête.

– Vous avez eu peur, cette nuit ?

– Très. On a été surpris de ne pas avoir d'indications sur ce qui se passait.

– Tu veux que je te dise ? Personne ne savait ce qui se passait. Le chef d'état-major pas plus que toi. C'est une mauvaise guerre. Une très mauvaise guerre.

On est attaqués mais on ne ripostera pas. Quelle connerie ! Au moins, en 67, en 73, on était attaqués par des pays frontaliers, on y allait avec nos chars et nos corps, on se foutait dessus et c'était le plus fort qui gagnait. C'est normal, non ?

– Quoi ?

– La loi du plus fort. Le loup qui mange l'agneau. C'est comme ça depuis la nuit des temps. C'est l'ordre du monde. On ne change pas les lois de la Nature.

– Je ne sais pas. Ça dépend de quel côté on se trouve.

Il sourit dans le rétroviseur.

– On a gagné la course. Dommage. J'aimais bien discuter avec toi. Je t'arrête aux urgences ou à l'entrée principale ?

– L'entrée principale.

J'ouvre ma besace en me demandant s'il existe un supplément « guerre ».

– C'est…

– Laisse tomber.

Je proteste avec toute la vivacité dont je suis capable. Il balaie mes paroles de la main.

– Laisse, je te dis. La vérité, c'est que je n'avais pas envie de rester chez moi. Ma femme est partie il y a une semaine. Je supporte pas de tourner en rond à la maison, d'attendre qu'on me dise de mettre un masque, de l'enlever. J'ai pas cinq ans, c'est pas Pourim, hein. Voilà. J'sais pas pourquoi j'te dis tout ça. T'es mignonne avec ton accent français. Tu écoutes. Tu ne coupes pas la parole. Voilà, c'est ça : tu ne coupes pas la parole. Quand j'y pense, ma femme ne m'a jamais laissé terminer une phrase, ou alors c'était qu'elle m'écoutait pas. Et elle, elle dit que je suis une brute, qu'en vingt-cinq ans de mariage j'ai oublié vingt-trois fois son anniversaire, et les deux fois où je m'en suis souvenu, c'était parce qu'elle me l'avait rappelé la veille. Tu crois qu'on quitte quelqu'un parce qu'il ne se souvient pas de ton anniversaire ? Embrasse ta sœur, que son enfant soit béni. Et que ton tour arrive bientôt. Des beaux enfants en bonne santé. Un beau mariage d'abord avec l'artiste, faut faire les choses dans l'ordre. *Yallah, bye.* Sois en bonne santé.

J'ai parcouru des couloirs, franchi des portes battantes, suivi des sols de linoléum gris. À l'accueil de la maternité, ils n'avaient personne du nom de Tamar Yanaï.

Je suis restée longtemps sur une chaise dans la salle d'attente. Puis j'ai repris un taxi, le ventre noué.

Nathanaël était dans la cuisine, la radio allumée, et rien dans son visage ne disait que je m'étais enfuie de chez nous en plein couvre-feu. Je me sentais pourtant prise en faute, et malheureuse d'avoir souvent six ans, d'être aussi coupable.

J'ai voulu mettre de l'eau à bouillir et me suis souvenue que le problème n'était pas résolu. J'ai regretté de ne pas avoir pensé à m'offrir un thé, même très mauvais, au distributeur de l'hôpital.

– Au fait, Gil a appelé.

Je me suis retournée vers lui, comme brûlée.

– Comment va Tamar ?

La voix du journaliste se tait brusquement. Une voix métallique lui fait place et dit d'un ton sinistre :

– *Nahash tsefa. Nahash tsefa.*

Il me faut quelques secondes pour traduire. Serpent venimeux.

Nous nous dévisageons, comme pour trouver sur le visage de l'autre l'explication à cette bizarrerie.

Un sifflement assourdissant dans la radio. Puis la sirène. Plus forte que la nuit dernière, me semble-t-il. Elle nous hurle que nous sommes en temps de guerre, que nous allons devoir apprendre à vivre avec elle.

Nous accomplissons les gestes déjà familiers. Au moment d'enfiler le masque, je m'aperçois que nous avons oublié la radio dans la cuisine. Nous arrachons le scotch avec des gestes effrayés, petits personnages de film muet, aux mouvements accélérés et pathétiques.

J'effleure les doigts de Nathanaël. J'ai hâte qu'il me donne des nouvelles de Tamar. Je voudrais qu'il me sourie, lorsque nous sortirons de la salle de bains, qu'il soit gentil et doux. Qu'il ne pose pas de questions mais ne me laisse pas seule non plus.

Très vite, nous pouvons sortir. C'était une fausse alerte. Les commentaires reprennent de plus belle à la radio. Des directs avec l'état-major, le ministère des Affaires étrangères, les ambassades israéliennes. Je me tourne vers Nathanaël, les yeux brillants.

– Que t'a dit Gil ?

– Tamar a accouché. Elle a eu ses contractions au moment de l'alerte, c'était la panique. Ils sont allés à Bikour Holim.

– Elle va bien ? Et le bébé ? C'est un garçon ou une fille ?

– Un garçon. Tamar est très fatiguée mais apparemment elle va bien.

Une rougeur est montée à mon visage. Je me blottis dans les bras de Nathanaël.

– C'est… merveilleux, je suis si contente !

Il accepte de me serrer contre lui, le corps empreint de raideur. Ne dis rien. Je sens plusieurs phrases battre au bord de ses lèvres. Je lui demande doucement :

– Tu m'en veux ? Il ne faut pas. Je ne te fais aucun mal.

Il secoue la tête.

– Tu vis trop à travers Tamar. Ce n'est pas bien.

Une boule s'est formée dans ma gorge. Je m'efforce de l'avaler. Il fait déjà nuit, je n'ai pas où aller, et j'ai peur aussi. Je fais comme si je n'avais pas entendu, comme si cette phrase ne m'avait pas blessée profondément, et j'entreprends de préparer un repas froid.

Plus tard dans la soirée, Gil a appelé. Il était pressé, tendu, mais il a répété cinq fois : Je suis l'homme le plus heureux de la terre, nous avons un beau petit garçon, Tamar a accouché comme une grande. Il a ajouté qu'elle voulait me voir, que ça serait bien si je pouvais passer le lendemain. Le téléphone a encore sonné. Enrique. Je me suis sentie légère au son de sa voix. L'effet de l'accent brésilien, peut-être. Ou autre chose qui lui est propre.

– J'ai appris par ma mère qu'il y avait eu une attaque, dit-il d'une voix gênée. Je voulais savoir comment ça s'était passé pour vous.

– Comment ça, « par ma mère » ?

– Je n'ai pas entendu la sirène. C'est son coup de fil qui m'a réveillé.

Une sérénité à toute épreuve. Un mélange de candeur et de générosité. Voilà ce qui lui est propre.

Il a encore dit qu'il espérait que le couvre-feu serait levé dimanche. Selon notre arrangement, il était du matin, et moi, de l'après-midi.

Aux informations du soir, nous apprenons qu'une famille de nouveaux immigrants éthiopiens a gardé les masques à gaz toute la journée, n'ayant pas compris les instructions qui autorisaient de les ôter. Une voisine inquiète et prévenante, constatant qu'ils restaient sourds à ses appels, avait donné l'alerte. J'ai souri en battant vigoureusement la vinaigrette. Puis j'ai pensé à Anastassia et je me suis sentie mal à l'aise.

Bikour Holim est l'hôpital des ultra-orthodoxes. Mon amie se trouve au deuxième étage, dans la salle des accouchées. Je me suis ruinée pour venir la voir, le chauffeur de taxi estimant qu'il avait droit à une prime de risque cumulée au tarif du samedi.

Je m'avance dans le couloir, sur la pointe des pieds.

Devant moi, une double porte battante. Derrière, des mères et leurs nouveau-nés.

J'hésite. Quelque chose me retient, me tire vers l'arrière, vers le grand ascenseur qui m'a conduite ici. Je ne ressens rien. Ni joie, ni impatience, ni sentiment moins avouable. Je me fais l'impression d'une coquille vide qui attend d'être remplie. Ou brisée.

Un homme ouvre la porte. Il passe devant moi, les yeux baissés. Je regarde sa silhouette noire s'éloigner vers l'ascenseur : il semble étranger au lieu, pressé de rentrer chez lui. À présent, c'est une femme qui sort de la salle des accouchées. Elle tient la porte et dit d'une voix ferme :

– Entre, je t'en prie.

Je n'ai plus le choix et fais quelques pas en avant, projetée dans l'antre des mères. Une seconde d'affolement. La crainte irrationnelle d'être désignée d'un doigt accusateur par ces femmes aux yeux fatigués et à la tête couverte me traverse : Dehors, tu n'es pas des nôtres ! vont-elles crier avant de me chasser, ne me reconnaissant pas le droit d'être près d'elles et de leur progéniture.

Trois femmes ont la tête couverte. La quatrième a ramassé ses beaux cheveux acajou en un chignon souple sur la nuque :

– Constance !

– Tamar !

Nous avons crié en même temps. Je m'élance vers son lit, et vers le berceau transparent collé à lui. Je prends ses deux mains dans les miennes, l'embrasse, lui caresse les joues. Les mots se bousculent dans ma bouche. Dans la sienne aussi. Nous pleurons, nous sourions, nous poussons des exclamations de joie, d'étonnement, nous prononçons des bribes de phrases : Tu es venue, tu es là, merci, oh, je suis si contente, comment ça va, je ne te dérange pas, dis, raconte, quelle nuit, quelle nuit, mon Dieu quelle nuit.

Je jette un coup d'œil au berceau. Il est vide.

– Gil l'a emmené à la visite médicale. Il va bientôt revenir.

Elle a un sourire espiègle :

– J'ai envie de mentir à tout le monde, de leur dire que c'est une fille. Ça m'agace de leur avoir donné raison.

Mais bien vite, le sourire retombe.

– Si tu savais… Non, tu ne peux pas savoir. Ç'a été un cauchemar, le pire de mes cauchemars. Une contraction m'a réveillée un peu avant l'alerte. Je suis restée allongée, prête à minuter le temps écoulé entre chaque contraction. Et puis il y a eu ce bruit affreux. J'ai voulu sortir, aller à pied à l'hôpital. Gil m'a retenue. J'ai hurlé qu'il était hors de question que j'accouche seule avec un masque à gaz sur la figure. On a allumé la radio. Il y avait des chansons ! Gil a appelé le Magen David Adom. Personne n'a répondu à part un disque qui disait d'un ton désolé qu'en raison d'un grand nombre d'appels, etc., etc. Je me suis sentie aussi seule que la première femme sentant qu'elle allait accoucher dans la douleur et sans soutien.

– Chuuut… Tu peux parler un peu moins fort, s'il te plaît ?

La voix de Tamar est allée crescendo. La femme

qui lui demande d'être plus discrète est en train d'allaiter un minuscule visage triangulaire aux yeux clos. J'aperçois un mamelon large et brun. Je détourne mon regard et chasse de mon esprit l'idée que la poitrine de Tamar va changer, ou a changé, elle aussi.

Elle poursuit, en chuchotant :

– Finalement, Gil a appelé directement l'hôpital. La fille avait une voix d'ange. Elle posait des questions très précises sur la douleur, les eaux, la régularité des contractions. Elle respirait profondément entre les questions. J'ai entendu la phrase dans mon brouillard, la phrase qui disait que des missiles irakiens étaient tombés sur Israël. Et là, j'ai perdu tout contrôle, je me suis mise à hurler que je ne voulais pas accoucher comme ça, que je ne voulais pas mourir, que mon bébé avait le droit de vivre. Je sanglotais, je n'entendais rien d'autre que la sale voix qui disait qu'une attaque de missiles irakiens avait eu lieu. Gil a pris le combiné. Je l'ai vu parler. Mais je n'entendais plus rien, et j'ai sombré dans un trou noir de douleur. Des bras m'ont soulevée, une voix d'homme a dit avec beaucoup d'assurance : Tout va bien, nous sommes venus à temps, tu n'accoucheras pas ici, on va t'emmener à l'hôpital, ils vont te faire une péridurale, ne t'inquiète pas, ça va être le plus beau jour de ta vie, c'est pas la guerre, c'est une fausse alerte, oui, c'est bien, mords ma main, vas-y, mords-la bien, ça fait du bien, hein, ça fait du bien, allez, vas-y, respire et mords, mais ne prends pas trop d'air sinon tu vas avoir la tête qui tourne, là, c'est bien, tu es une grande je te dis, championne du monde, il peut être fier, le mari… Tu vois, il a dit « le mari » et je n'ai pas compris tout de suite qu'il parlait de Gil, j'avais complètement oublié son existence, j'avais oublié que j'étais en train d'accoucher, j'avais les yeux fermés, je voyais ma douleur s'éloigner, se ratatiner devant la voix grave de ce type, j'avais envie de continuer à le mordre et de l'embrasser aussi, c'était mon sauveur, tu comprends ? Mon sauveur.

Je fais signe que oui, je comprends, bien que rien ne soit moins sûr. Je suis hypnotisée par ce qu'elle raconte.

Et puis la porte s'ouvre doucement. Gil apparaît, la tête penchée vers le nourrisson qu'il porte.

– L'examen est parfait. Il va très bien, il n'a perdu que dix grammes.

Tamar lui sourit, tout en dévorant du regard son petit. Le père, la mère, le fils. La bulle qui les entoure.

Je voudrais prendre mes jambes à mon cou, partir sans rien dire. Ils ne remarqueraient même pas mon départ. La pensée s'est méchamment figée dans mon crâne.

– Tu veux le prendre dans tes bras ?

Le sourire est complice, la voix aussi. Elle sous-entend : Toi aussi mon amie, tu vivras ce moment-là, tu tiendras dans tes bras un paquet de chair emmaillotée, tu auras ce regard doux et bouleversé, tu seras émerveillée par toi-même, fière et incrédule devant le miracle qui a trouvé la source en toi.

Je bredouille :

– Il ne faut pas passer les nouveau-nés de bras en bras, je crois. Ça les déstabilise. Mieux vaut qu'il s'habitue à ton odeur, à celle de Gil.

– Eh bien ! Mais d'où tu sais tout ça, toi ?

J'esquisse un geste qui signifie : Tout le monde sait ce genre de chose.

Je me mords les lèvres pour tenir le coup. Garder la tête légèrement penchée sur le côté, dans un mouvement de proximité tendre. Arborer un doux sourire. Contenir la jalousie qui me dévore tout entière à présent.

Tamar se penche sur le petit paquet qui jappe doucement.

– Il a faim, dit-elle d'un ton extasié.

Elle s'allonge en s'accoudant sur le côté droit, déboutonne sa chemise, cale le bébé contre elle, l'aide à trouver le mamelon, et je vois la bouche minuscule qui s'ouvre, le mouvement instinctif de la tête, qui cherche la nourriture, puis se plaque contre le sein, se met à téter avec une concentration bouleversante. Tamar a un sursaut qu'elle réprime en respirant profondément. Je ne peux détacher les yeux des mâchoires minuscules et vigoureuses tout en pensant qu'il faudrait que je sorte du tableau, mais ce n'est pas facile de briser la béatitude des autres puis je sursaute, moi aussi, dans un élan de profonde sincérité :

– Où est le distributeur de boissons ? Ça fait trois jours que je fantasme sur un thé, c'est devenu une obsession.

Gil esquisse un mouvement.

– Sucré ou pas ?

– Non. J'y vais. J'ai besoin de bouger.

J'ai débité le tout d'un ton nerveux et maladroit mais la famille Béate et Émerveillée s'en contrefiche, et moi, je me sens tout d'un coup très sûre de moi, plus du tout accablée ou bouleversée mais ingénieuse. J'ai trouvé la force de les quitter, le goût du thé au citron emplit déjà ma bouche. C'est bon. Un délicieux soulagement. Un répit.

– Il va falloir s'y habituer, on appelle ça la routine de guerre, soupire Mme Ashkenazi, résignée.

Nous sommes dimanche. La guerre domine nos vies depuis cinq jours mais le couvre-feu est levé. Les économistes calculent déjà les pertes dues à quatre jours de cessation totale d'activité. Les universités ont avancé la fin du premier semestre de deux semaines. La nouvelle m'a déprimée. En guise de consolation, la bibliothèque universitaire rouvre ses portes demain.

Enrique m'a demandé de tenir la boutique toute la journée. Il est parti à Tel-Aviv chercher du tofu chez un copain qui accepte de partager la marchandise avec lui en échange de la Harley, le week-end prochain. Les clients se succèdent. Ils viennent surtout faire des provisions de camomille, de valériane, d'hamamélis. Et parler. Chacun raconte ce qu'il a ressenti lorsque la sirène a retenti. J'écoute les récits qui se ressemblent, j'ouvre de grands yeux intéressés et étonnés, comme si je n'avais pas été là. Une dame montre à Mme Ashkenazi son bras tatoué :

– Hitler ne m'a pas eue, alors personne ne m'aura ! Je n'ai pas de chambre hermétique et le masque à gaz est resté dans sa boîte. On va quand même pas m'embêter avec des histoires de gaz deux fois dans le même siècle !

– Oui, mais il y a cinquante ans, tu étais quand même plus jeune, lui répond Mme Ashkenazi, perfide.

Puis elle fait une mimique en ma direction qui signifie clairement : C'est une vieille folle, tant pis pour elle si elle meurt.

Je suis à la fois fébrile et lasse. Ce matin, Nathanaël a refusé de se lever pour aller travailler. Il a rabattu la couette sur sa tête en grommelant : Tant qu'il n'y a pas de vraie guerre, je dors. Faut quand même pas prendre les gens pour des cons.

S'il continue, nous n'aurons bientôt plus de quoi payer le loyer. Et encore moins Herzl. Ce matin, j'ai rebroussé chemin à temps pour ne pas passer devant sa boutique. Tamar est rentrée à la maison avec Ishmaël. Gil et elle étaient très fiers lorsqu'ils m'ont annoncé le prénom choisi pour leur fils. Tamar a même éclaté de rire en racontant le silence de sa mère au téléphone.

Je me demande la tête que fera le rabbin, le jour de la circoncision.

Je songe à la nuit dernière. Il n'y a pas eu d'alerte mais j'ai gardé les yeux ouverts dans le noir, longtemps. J'appréhendais les cris d'Anastassia et les hurlements de la sirène. L'une et l'autre sont demeurées tranquilles, mais le silence était lourd.

Jour J+6. CNN diffuse les attaques sur Bagdad en direct. Les gens ne parlent que de ça dans le bus. J'entends : C'est beau, la technologie, vous avez vu ce qu'ils leur ont mis hier soir ? Et nous, on attend quoi pour leur rentrer dedans ? Un jeune garçon portant une kippa explique à qui veut bien l'entendre que son père, un grand kabbaliste, a fait des calculs savants : il a multiplié la valeur numérique du nom Saddam Hussein par celle du nom Adolf Hitler, divisé le produit par la valeur numérique du nom Schwarzkopf pour parvenir à la valeur numérique des mots « victoire » et « extermination ». La question est de savoir qui sera victorieux et qui sera exterminé ; son père poursuit ses calculs pour le déterminer. Une fille derrière moi dit à son amie : Cette guerre a au moins servi à quelque chose. J'ai compris que je l'aimais. Je l'aime comme tu ne peux pas l'imaginer. C'est dans le ventre, dans les poumons, dans les reins. Il est parti chez ses parents parce que sa mère est en dépression et qu'elle lui a dit qu'elle se suiciderait s'il passait la guerre sans elle. C'est drôle, elle a dit « passer la guerre » comme on dit « passer shabbat », « passer les fêtes ». Bref, il est parti à Ramat Gan. Ça fait six jours que je ne l'ai pas vu. Je meurs. Il me manque à chaque seconde. Quand il y a eu l'alerte, j'ai prié Dieu de ne pas me laisser mourir sans le revoir. Il m'a exaucée. C'est la force de l'amour, ma belle. *The power of love*.

Dans la vitre de l'autobus, je vois le reflet admiratif de son amie. Je me demande à quelle aune elle aurait mesuré son amour s'il n'y avait eu la guerre.

Je n'ai pas vu Komintern depuis sept jours. Je sais au fond de moi qu'il est mort, mais je ne veux pas y penser.

La sirène, de nouveau, le soir. Seuls les habitants au nord de Hadera et au sud d'Ashqelon peuvent enlever leurs masques. La radio a pris ses précautions pour que personne dans la population ne reste à l'écart de ce qui se passe : les instructions sont données en hébreu, en arabe, en russe, en anglais, en amharique, en espagnol, en portugais, en français et en roumain. Un Scud est tombé sur un immeuble. Il y a trois morts, des dizaines de blessés, des centaines de gens choqués. L'explosion a provoqué l'avortement d'une femme enceinte de quatre mois. Je me demande comment des missiles peuvent être qualifiés de « conventionnels », comment les Alliés peuvent répondre par des frappes « chirurgicales ». J'ai le vertige. Nathanaël me fait peur. Son visage s'est animé lorsqu'on a annoncé trois morts. J'ai l'impression de rétrécir et de me réduire à une petite boule crispée au centre d'une enveloppe de peau trop grande.

À la bibliothèque de l'université je n'ai pas ouvert un ouvrage, pas écrit une ligne. Mais j'ai caressé le dos des livres dans les rayons. À présent que l'angoisse monte, j'essaie de sentir sur mes mains leur contact rugueux ou lisse. J'y parviens presque. Mais Nathanaël me fixe. Son regard m'effraie. Je dis :

– Je vais me coucher, ces alertes me fatiguent, et j'ai beaucoup travaillé aujourd'hui.

Une lueur s'allume dans ses yeux. Il se glisse sous la couette avec moi, se presse contre mon corps, ses mains se hâtent de me déshabiller. Je le repousse. Ses bras et ses jambes insistent, tout son corps est volontaire, lourd, dur. Je me débats. Il est sur moi. Me fait mal. Dit :

– Je te fais l'amour, là, t'es pas contente ? Je te fais l'amour.

La vitrine de la pharmacie reflète un gros sac gris, ma besace d'étudiante, la boîte du masque à gaz, le tout empilé sur une silhouette vacillante.

Dans l'escalier, j'ai croisé une Anastassia joviale.

– Comment vas-tu ? Tu pars en voyage ?

J'ai dit que j'allais passer le week-end chez une amie. Elle m'a saluée avec chaleur.

Je fixe mes pensées sur elle, sur ses yeux dont je n'arrive plus à savoir s'ils sont bleus ou verts. J'essaie d'établir un lien entre son visage aimable et ses cris. N'y parviens pas.

J'ai faim. Je n'ai pas mangé ce matin. Ni hier soir. Ni hier midi, je crois. Je fais un crochet par le supermarché. La caissière me lance dans un sourire compréhensif :

– Chez moi aussi ça se voit, lorsque j'ai pleuré.

Ma gorge se serre. J'essaie de lui rendre son sourire sans lui montrer que je lui en veux beaucoup. Je me maudis de ne pas avoir pris mes lunettes de soleil.

Le sac est de plus en plus lourd. J'ai pris quelques vêtements, un sèche-cheveux et beaucoup de livres.

Il fait froid mais je transpire. C'est une sensation désagréable.

J'appelle Tamar d'une cabine. Elle me dit :

– Viens, bien sûr.

Elle a ouvert la porte d'un geste brusque, le visage défait, sa chemise déboutonnée dont elle écarte les revers en gémissant :

– Rien. Rien ! Pas une goutte de lait ! Mais comment font les vaches, hein, comment font-elles ? !

Je me dépêche de me débarrasser de mes paquets et la suis dans le salon. Ishmaël s'agite dans son transat. Elle le prend dans ses bras, se balance avec lui d'avant en arrière, sautille un peu, lui caresse le dos :

– Je suis allée à la Goutte de Lait ce matin, je leur ai dit que j'avais du mal à l'allaiter, que je sentais bien qu'il restait sur sa faim. Il pleure tout le temps depuis que nous sommes rentrés de l'hôpital. Tu sais ce qu'ils m'ont demandé, ces demeurés ? « Es-tu particulièrement stressée en ce moment ? » PARTICULIÈREMENT STRESSÉE ! EN CE MOMENT ! Mais non, bien sûr que non ! Tout va pour le mieux dans le meilleur des mondes, n'est-ce pas ? Ils sont dingues, dingues, dingues. C'est un pays de fous, je te dis, un pays de fous, fils de fous et descendants de fous. En attendant, ce bébé crève de faim et je fais quoi, moi ?

Je lui dis de s'asseoir sur le canapé. Lui apporte à boire. Je caresse son front trempé, ses joues, je l'embrasse. Je prends Ishmaël dans mes bras, lui propose de sucer mon auriculaire replié. Il tète vigoureusement. Ses gencives sont dures. Je dis à Tamar de respirer comme dans ses cours de yoga. Elle s'apaise, s'allonge, reprend le bébé et le cale contre elle. La petite bouche se colle à la poitrine. Tamar grimace pendant plusieurs secondes puis se détend. Une goutte de lait coule aux commissures des lèvres du bébé. Nous sourions ensemble.

– Tu es un amour, me dit-elle. On croirait que tu as fait ça toute ta vie.

– Fait quoi ?

– T'occuper des mères qui viennent d'accoucher.

Je crois que je souris bravement. Nous gardons le silence, longtemps, à l'écoute des bruits de succion d'Ishmaël. Elle effleure ses cheveux, son front, puis lève les yeux vers moi.

– Alors ?

Je me mords les lèvres. Secoue la tête.

– Ça va aller, tu vas voir. Dès que tu l'auras quitté, ça ira beaucoup mieux. Tu le sais très bien, au fond de toi. Ça devrait te donner la force de partir.

Je caresse la petite cicatrice sur ma main gauche. Nous reprenons nos places, Tamar et moi. Elle dans le rôle de la fille qui sait tout de la vie, et moi dans celui de la débutante hésitante, gauche et faible.

– C'est gentil de m'avoir dit oui pour cette nuit.

– Tu peux rester autant que tu veux. À quoi servent les amis, d'après toi ?

– Mais je n'ai pas envie de parler de Nathanaël, Tamar. Ni de lui ni de ma vie. Je veux juste être là.

Ils sont allés dormir tôt, épuisés par leurs nuits interrompues « soit par Ishmaël, soit par la sirène ».

Je me suis installée sur le canapé, j'ai allumé la télé en coupant le son, lu un journal qui traînait, mis un disque de Yehudit Ravitz en sourdine, goûté au calme d'un appartement chaleureux que j'aurais rêvé être mien. Avant de me coucher, je suis allée voir Ishmaël. Il dormait dans sa couveuse de protection contre les armes chimiques et biologiques. Je n'ai pas résisté au désir de l'effleurer. Un muscle a tressailli sur sa joue et un sourire ravi a éclos sur son visage. J'ai éprouvé ses cheveux plumes de poussin, ailes de papillon, la peau fine du front, la douceur exquise de la peau fripée dans le creux du cou. Je me suis demandé pourquoi rien de cette douceur ne subsistait avec les années.

En quittant sa chambre, j'ai heurté le séchoir sur lequel étaient suspendus des bodys lilliputiens, des brassières de poupées, des chaussettes minuscules.

J'ai mouillé mon oreiller en espérant un sommeil profond et ininterrompu et Saddam m'a exaucée.

Enrique a planté son regard dans le mien et y a cueilli ma peine. Il est resté près de moi tout l'après-midi, juché sur un tabouret, à me raconter le Brésil si vaste, et son père, qu'il n'avait pas connu.

– Je m'inventais un nouveau père tous les mois environ. C'était bien, je faisais de lui ce que je voulais, il me comblait, forcément. J'ai eu un père pilote d'avion, un père sorcier, un père médecin, un père marin, un père acteur, un père chanteur, un père aveugle, un père riche, un père musicien. Chaque fois, je lui attribuais un nouveau prénom, un nouveau visage, de nouveaux gestes pour moi. C'était lui qui m'offrait les cadeaux que je recevais à mon anniversaire. C'est à lui que j'ai décrit le premier garçon dont je ne pouvais détacher mon regard, pour qu'il me donne le courage de l'aimer. Mais pourquoi je te raconte tout ça aujourd'hui, Conztanze ?

– Tout le monde a besoin de parler, en ce moment, Enrique. Même si on a moins peur, on vit quelque chose d'étrange.

Il a acquiescé et mis de la musique. Je dessinais des formes abstraites dans la sciure. Oui, tout le monde avait besoin de parler, en ces temps singuliers. De se confier.

J'ai fait un crochet par la rue Radak, pour prendre mes lunettes de soleil et mon chéquier, tourmentée par la nécessité de trouver un point de chute rapidement. Je ne voulais pas m'installer chez Tamar et Gil. J'ai téléphoné à la maison pour m'assurer que Nathanaël n'y était pas. J'ai laissé sonner longtemps, j'ai rappelé plusieurs fois. La voie était libre.

Je n'ai pu m'empêcher de chercher Komintern du regard en poussant la grille. Au bas de l'escalier j'ai ramassé une pomme rouge qui traînait sur une marche et j'ai commencé à grimper lentement. Au premier palier, une poire, deux pommes, des citrons et des carottes étaient répandus sur les marches. Perplexe, j'ai poursuivi mon ascension en pensant à quel point des fruits et des légumes pouvaient être perturbants lorsqu'ils n'étaient pas à leur place. Entre le deuxième et le troisième étage, j'ai stoppé mon avancée.

Une bouteille d'huile de tournesol gisait à mes pieds. Son contenu s'était répandu sur les marches, mêlé à des œufs cassés et à de la peinture noire. Une grosse boîte de conserve avait roulé dans un coin. J'ai levé les yeux. La porte de l'appartement d'Anastassia était grande ouverte, tandis que la nôtre était éventrée sur vingt centimètres environ.

J'ai flairé le danger mais suis restée figée, incapable d'avancer ou de reculer, fascinée par la porte ouverte et la porte brisée. Puis j'ai entendu.

Un halètement. Un animal traqué, prêt à bondir. Qui expirait bruyamment, dans un souffle rauque. J'ai dévalé l'escalier jusqu'au rez-de-chaussée pour tambouriner à la porte des Gutmann. Mme Gutmann m'a ouvert, son fichu noir sur la tête, un bon sourire aux lèvres.

J'ai tout débité en des phrases hachées.

– On croirait une bête prête à attaquer. J'ai peur.

Elle s'est essuyé les mains sur son tablier, et m'a précédée dans l'escalier. Je l'ai suivie en pensant : voilà le dos d'une personne courageuse. Arrivée là-haut, elle a passé la tête dans le couloir de notre voisine et a demandé d'une voix forte :

– Madame Finger-Mayer, tu as besoin d'aide ?

Le silence s'est fait. J'ai senti mon sang battre à l'extrémité de mes doigts pendant de longues secondes. Puis sa colère a éclaté :

– Laissez-moi ! Laissez-moi tranquille à la fin ! Pourquoi vous acharner sur moi jour et nuit ? Je n'en peux plus, vous m'avez épuisée ! Allez-vous-en ! Partez !

Mme Gutmann a murmuré un ordre sans se retourner :

– Vite, donne-moi tes clés !

Elle m'a poussée dans notre appartement, a claqué la porte derrière nous, puis l'a verrouillée à double tour.

Les hurlements d'Anastassia ont repris de plus belle :

– Cessez de claquer les portes ! Arrêtez de faire du bruit ! Je veux du silence, je vous dis, du SILENCE ! Ils ne comprennent jamais rien, ils font exprès, ils veulent ma mort, ils en rêvent ! Ils sont venus me le dire hier soir, ils sont sortis de leur sommeil, se sont infiltrés chez moi comme de la fumée, en passant sous la porte, ils ont murmuré, et puis ils ont crié : On veut ta mort, on va te tuer, te réduire en miettes !

Soudain, une odeur me fait sursauter. Celle qui m'affole, qui indique à mon cerveau qu'il va falloir se préparer à sauter par la fenêtre. Je m'approche de la porte prudemment et tente de distinguer quelque chose à travers l'œilleton. Je sursaute. Le visage d'Anastassia m'apparaît déformé, elle est à cinq centimètres de la porte anormalement chaude.

Je deviens hystérique.

– Madame Gutmann, madame Gutmann, elle a mis le feu !

Je me jette sur le combiné, compose le numéro de la police tout en martelant le sol avec mes pieds. La voix traînante d'un homme répond :

– Poste de police, j'écoute.

– Monsieur, je m'appelle Constance Kahn. J'habite

au 24, rue Radak, à Rehavia. Ma voisine est devenue folle, elle est en train de mettre le feu à ma porte. Venez vite, s'il vous plaît !

Je l'entends mastiquer son chewing-gum.

– Excuse-moi, dit-il avec un accent oriental prononcé, tu as quel âge ?

Je suis ébahie.

– Quel est le rapport ?

– Tu as quel âge, je te demande.

Je me sens prise au piège. Tant que je ne dirai pas mon âge à cet homme, il ne fera rien pour moi, je le sens. Je lui réponds donc, très vite :

– Vingt-cinq ans. Mais qu'est-ce que ça peut vous faire ?

Il éclate de rire :

– Tu vas me dire qu'une fille de vingt-cinq ans, qui a fait son service militaire et tout ça, a peur d'une vieille folle ?

Je me mets à pleurer dans un mélange de rage et de désespoir, lui crie que je suis française, n'ai pas fait l'armée, que le feu va bientôt dévorer la porte, qu'il doit envoyer ses hommes. Je le supplie, le menace de représailles diverses et impossibles avant de m'apercevoir qu'il a raccroché, me laissant seule avec ma détresse.

Mme Gutmann tente de me réconforter en me frottant les bras, mais je vois bien qu'elle n'a pas de solution. Alors je reprends le téléphone, compose un numéro que je connais par cœur et j'explique à Nathanaël que je vais périr par le feu s'il ne vient pas me sauver. Il a une voix ferme et rassurante, il dit :

Ne t'inquiète pas, j'arrive, je préviens les flics, je suis là dans cinq minutes, mets une serpillière mouillée au bas de la porte.

Les serpillières maintes fois trempées ces derniers jours exhalent une odeur d'humidité acide qui se mélange à l'odeur de brûlé. J'ai la nausée. Mme Gutmann essaie de raisonner Anastassia à travers la porte :

– Madame Finger-Mayer, il faut éteindre le feu. Tu te mets en danger, tu mets tout le monde en danger. Tu es bonne, je le sais. On a souvent parlé de Dieu ensemble, tu te souviens ?

Je la regarde, étonnée. Elle a dit « Dieu » comme on dit « le voisin », « les enfants », « l'oncle David » : avec une familiarité déconcertante.

La sirène d'une fourgonnette de police s'engouffre enfin dans la rue paisible. Je distingue des rideaux qui s'écartent, des silhouettes qui tentent d'apercevoir le scandale ou le malheur, des fenêtres qui s'ouvrent sur des visages où la curiosité se mêle à l'inquiétude, et à l'agacement aussi. Du bruit, encore, comme si les alertes ne suffisaient pas à troubler la paix de Rehavia. J'ai honte. Je me sens coupable et je recule pour que personne ne voie, pour que personne ne sache que c'est moi, la responsable de ce vacarme. La fille de vingt-cinq ans qui se laisse terroriser par une vieille folle.

Des bruits de pas, des voix, des exclamations dans la cage d'escalier. Tout le monde est arrivé en même temps : les forces de l'ordre, Nathanaël et M. Gutmann père. La voix de Nathanaël domine les autres :

– Constance, ouvre. Le feu est éteint, tu n'as plus rien à craindre.

Je tourne la clé et tombe nez à nez avec un policier rond, brun, un peu gras et moustachu. Je le bouscule pour me jeter dans les bras de Nathanaël. Il a l'air mécontent d'assister à nos retrouvailles et perplexe devant la porte fracassée dont le trou est rempli de coton et de café consumés. Dans l'encadrement de la porte voisine, Anastassia se tient bien droite, un rien boudeuse, un reste de lumière colérique dans les pupilles qu'elle dissimule par la mauvaise humeur des gens dérangés dans leur sommeil :

– Quelqu'un peut-il m'expliquer ce qui se passe ici ? demande-t-elle froidement.

– Madame Finger-Mayer ! Tu as mis le feu à notre porte !

– Menteuse. Tu es une menteuse. Le mot est inscrit sur ton visage en toutes lettres.

Je suis effarée. Je regarde autour de moi, à la recherche d'un appui. Mme Gutmann me fait signe de ne pas insister en vissant discrètement son index droit sur sa tempe. Je sens que je vais bientôt éclater d'un rire nerveux. Mais Anastassia a remarqué le geste de Mme Gutmann :

– Pour qui vous prenez-vous, tous ? Vous voulez me faire passer pour une voleuse, c'est ça ? Mais c'est vous les voleurs, les menteurs, les assassins ! Monsieur le policier, il faut tous les arrêter autant qu'ils sont, et les enfermer à double tour. Ils sont très dangereux.

Je regarde le policier d'un air implorant. Il fronce

les sourcils, pointe son index sur moi, puis sur Anastassia, et dit d'une voix sèche :

– Vous deux, vous prenez vos cartes d'identité et vous venez avec moi.

Je proteste. Nathanaël se joint à moi. Mme Gutmann dit qu'elle doit s'éclipser pour préparer le dîner. M. Gutmann la suit. Le policier réitère son ordre.

– Fais ce qu'il te dit, on perdra moins de temps, me chuchote Nathanaël.

La révolte et l'abattement se mélangent en moi. C'est un cocktail au goût amer. Anastassia prend son sac d'un air très digne et siffle entre ses dents :

– Très bien. Que justice soit faite.

– N'oubliez pas vos masques à gaz, ajoute le policier, on ne sait jamais…

Nous nous exécutons. Nathanaël commence à descendre. Anastassia et moi fermons nos portes respectives. Elle tourne la tête ostensiblement vers le mur, tandis que j'essaie de capter son regard, de comprendre.

Et puis un juron, et un drôle de bruit sourd. Je me retourne à temps pour savourer la chute du policier dévalant l'escalier sur les fesses, piégé par l'huile de tournesol. Son uniforme est maculé de jaune d'œuf et de peinture noire. Nathanaël réprime difficilement un fou rire. Il tend une main au policier mais ce dernier refuse sèchement. Il s'essuie tant bien que mal avec un mouchoir, reprend sa respiration et nous ordonne d'une voix étranglée :

– On y va. En silence. J'aime pas les bavards.

Dans la fourgonnette qui nous transporte vers le

commissariat, je laisse Nathanaël me serrer contre lui tout en essayant de me persuader que ce moment de tendresse ne signifie pas mon retour.

Le policier retrouve son assurance et son panache en pénétrant dans sa caserne. Il jette à un collègue :

– Je vais me changer. Enregistre les dépositions de ces gens et photocopie leurs cartes d'identité. Je reviens dans cinq minutes.

Anastassia affirme qu'elle préfère rester debout pour être plus proche du ciel. Le policier sourit, introduit une feuille dans sa machine à écrire et demande :

– Nom ?

– Finger-Mayer.

– Prénom ?

– Anastassia.

– Lieu de résidence ?

– Chez Dieu.

– Pardon ?

– Chez Dieu, répète Anastassia du même ton précis, comme si le policier était simplement dur d'oreille.

– Ah. Vraiment ?

– Puisque je te le dis.

Il prend une inspiration et lance à la cantonade :

– Je vous présente madame Anastassia Finger-Mayer, locataire de Dieu !

Quelques policiers désœuvrés accourent, prêts pour le divertissement.

– Alors comme ça, tu habites chez Dieu ?

– Tout à fait.

– Et c'est comment, chez lui ? Raconte-nous, on cherche à déménager. On adorerait t'avoir pour voisine.

Anastassia, ravie, entame la description de sa résidence céleste. Les autres n'en perdent pas une miette, bras croisés, genre « on a tout notre temps, pour une fois qu'on se marre ici », et sur leurs visages rasés de très près s'étalent la moquerie, la bêtise humaine et crasse, la vulgarité. J'ai envie de bondir. D'exprimer le dégoût qu'ils m'inspirent, de leur crier que ce n'est pas ainsi que doivent se conduire des hommes chargés de faire respecter la loi. Mais ce sont des phrases moins glorieuses qui franchissent mes lèvres.

– Laissez-la tranquille, s'il vous plaît. Nous n'allons pas porter plainte.

Ils nous demandent alors de débarrasser le plancher, maugréent que nous les avons dérangés pour rien, et qu'à présent ils vont devoir se farcir la folle, le temps de mettre la main sur un membre de sa famille.

Nous rentrons chez nous. Les mots nous viennent difficilement.

– Tu as dormi où, la nuit dernière ?

– Chez Tamar et Gil.

– Et ce soir ?

Je le regarde d'un air piteux.

Au même instant, la sirène retentit. Lorsque nous sortons de la salle de bains la nuit est déjà avancée. Il est trop tard pour que je parte.

Que s'offrent au regard de chacun ses enfants, sa femme et ses parents, qu'avant peu la famine ou la guerre vont anéantir ! Je sais que se trouvent au milieu de ces dangers ma mère, ma femme, ma race qui n'est pas sans lustre, ma maison dont la gloire est ancienne et que je peux paraître ne vous donner ces conseils que pour les sauver : tuez-les, prenez mon sang pour prix de votre salut ! Moi aussi je suis prêt à mourir, si ma mort doit vous ramener au bon sens.

Ici prend fin le discours de Josèphe. Je connais par cœur ces quelques phrases, mais j'éprouve le besoin de les relire inlassablement. Josèphe tente de faire plier les assiégés en brandissant le sort de ceux qui leur sont chers. Il sous-entend qu'ils doivent sacrifier leur rage, leurs convictions et leur combat sur l'autel de l'amour, ou de l'attachement familial. Il indique que les siens se trouvent à l'intérieur des remparts. Il ne peut s'empêcher de glisser avec orgueil ses origines nobles. Je repense aux phrases de la préface : *C'est pourquoi moi, Josèphe, fils de Matthias,*

Hébreu de race, natif de Jérusalem, prêtre, ayant moi-même fait la guerre aux Romains dans un premier temps et, par la suite, ayant été obligé de suivre les opérations, j'ai décidé d'exposer la suite des événements aux sujets de l'Empire romain...

J'aime la facilité avec laquelle Josèphe parle de lui-même. J'en déduis qu'il ne manquait pas d'assurance, et qu'il se sent toujours légitime dans son peuple, bien qu'ayant « trahi » les siens. Il a une si haute opinion de lui-même qu'il se sent tout-puissant, capable de sauver Jérusalem, son Temple et son Royaume. Je suis admirative, j'aimerais posséder le centième de son assurance. Mais autre chose me trouble : comment peut-il demander aux insurgés de renoncer à la révolte armée pour protéger les leurs tandis qu'il est déjà prêt, au fond de lui, à ce que périssent sa mère, sa femme et ses enfants, quand l'attaque sera déclenchée ? Pourquoi Josèphe ne rejoint-il pas les siens ? Pourquoi ne renonce-t-il pas à être l'historien des Flaviens, en défendant la chair dont il est issu, la chair qu'il a aimée ? Comment peut-il rester à l'extérieur des remparts et envisager la mort de sa mère, de sa femme et de ses enfants, à l'intérieur ?

Le carillon de la porte interrompt ma rêverie. Enrique fait son entrée, sourire aux lèvres, le bras droit arrondi autour de son casque, le bras gauche tenant un bouquet de tulipes mauves.

– Bon anniversaire ! me lance-t-il en portugais.

Nous sommes le mercredi 6 février 1991, j'ai vingt-cinq ans. Mon patron est le premier, et peut-être le seul, à fêter ce jour avec moi.

Il a acheté deux éclairs au chocolat et du cidre, dans une pâtisserie française non loin d'ici. Nous mangeons. Nous buvons. Il me fait remarquer qu'il a exactement dix ans de plus que moi, me dit que je suis un bébé, que j'ai la vie devant moi. Je me sens si lasse et si vieille, au contraire. Nul tapis lumineux et vert piqué de coquelicots que j'appellerais « la vie » devant moi, mais plutôt une grotte sombre et humide dans laquelle moisirait ma survie. Je suis agacée par ce que je suis, envieuse de celle que je ne suis pas. Vingt-cinq ans et je patauge. Vingt-cinq ans et mes études sont ma seule fierté, ma seule certitude. Vingt-cinq ans et la vie comme une succession de répits entre les grincements, les crispations, les bruits de portes aux gonds rouillés qui accompagnent presque chaque instant, même si le ciel est bonheur des yeux, et la musique enchantement, et les livres fuite, passion, consolation.

– Si tu veux, tu peux prendre des vacances la semaine prochaine. Tu as besoin de te reposer. Tu étudies beaucoup, tu travailles beaucoup, tu as un patron insupportable, ce n'est pas une vie facile. Je me débrouillerai, même si tu m'es indispensable.

Des vacances. J'ignore ce que ce mot peut recouvrir pour moi mais je murmure :

– Pourquoi pas, Enrique, pourquoi pas, c'est une bonne idée.

Je referme *La Guerre des Juifs* et monte le son de la radio. Des débats, encore, des polémiques. Le maire de Tel-Aviv a qualifié de déserteurs les habitants de sa ville partis dans les hôtels de luxe d'Eilat. Il a ajouté que le courage n'était plus une valeur dans l'esprit des bourgeois de sa ville, et qu'il avait honte. Une mère de famille réagit en direct d'Eilat. Elle en a eu ras le bol de réveiller ses quatre enfants pour leur attacher de force des masques. Leurs pleurs, leurs cris, les coups d'ongles qu'elle a reçus, tandis qu'elle imaginait leur mort prochaine par le gaz. Elle les a frappés. Au nom de quoi devait-elle continuer à les traumatiser ? Le journaliste lui dit qu'il n'y a pas si longtemps, il ne serait venu à personne l'idée d'abandonner sa ville. Elle lui répond qu'à l'époque les gens se battaient, Tsahal réagissait au quart de tour, et maintenant on reste les bras croisés, ce pays n'est pas normal, alors que personne ne vienne lui chercher des poux dans la tête, ni le maire de Tel-Aviv qui n'a pas quatre enfants en bas âge, ni le journaliste bien connu pour être un célibataire fêtard habitué à ne pas dormir la nuit, de toute façon.

J'ai lu, dans le journal du week-end, l'interview d'une psychologue qui pointait la frustration profonde des hommes, enfermés avec femme, enfants et parfois vieillards, dans les chambres hermétiques. Le front est à la maison, disait-elle, la maison qui est le domaine symbolique de la femme. Ce glissement ôte toute virilité aux hommes. Ils sont ramenés à la castration et au sentiment d'impuissance. Nous allons devoir faire face à une vague de dépressions aiguës, et probablement à des divorces en série. Cette situation d'enfermement conduit à une sensation d'étouffement qui elle-même favorise l'émergence de troubles psychiques ou psychotiques latents. L'exemple le plus évident étant bien sûr les rescapés de la Seconde Guerre mondiale, ou les enfants de rescapés, pour lesquels la chambre dont on ne peut sortir, associée à la menace du gaz, ravive un traumatisme douloureux.

Échapper, ne serait-ce que quelques heures, aux paroles, aux commentaires, à la sensation d'étouffement, justement. Chaque nuit est une tension : le corps aux aguets, la crainte de s'endormir dix minutes trop tôt, d'être arraché au sommeil à l'instant où on y bascule. Les Scud de Saddam Hussein décident de l'heure de notre dîner, de la longueur de nos nuits. Je trouve humiliant et absurde de dépendre des lubies d'un dictateur moustachu au regard vitreux, à des centaines de kilomètres de là.

Entre Nathanaël et moi, une haie de rancœur. Il a donné sa démission pour peindre sans relâche. Sa vie ne peut pas être constituée d'autre chose, la fille qui veut vivre avec lui doit l'accepter.

– Si tu travaillais à plein temps, au lieu de faire tes putains d'études à la con qui ne serviront à rien, on s'en sortirait mieux.

Quelque chose s'est tordu dans ma poitrine. Je ne sais plus que faire pour éviter les coups. Bientôt, j'aurai la tête sous l'eau.

Des vacances, a dit Enrique.

Je pense à l'argent que nous devons à Herzl. Il était au bout de la rue, ce matin, lorsque je suis venue travailler. Il m'a vue. Il m'a appelée en criant et en faisant de grands moulinets avec ses bras. J'ai couru dans la direction opposée. Voilà. Je fuis seulement ce qu'il m'est facile de fuir. Je reste là où j'ai mal. Finalement, je crois comprendre les contradictions de Josèphe.

Le téléphone du magasin sonne. Je décroche, dis « bonjour » en hébreu et entends avec une certaine stupéfaction mon père et ma mère chanter en chœur un « Joyeux anniversaire » plein d'entrain à leur fille dont ils sont fiers. Ils se sont trompés de personne mais je n'ose pas le leur dire. Je prétexte des clients nombreux, je raccroche.

Je glisse une cassette de Gainsbourg dans la petite chaîne d'Enrique et chantonne avec lui « Le Poinçonneur des Lilas », la seule chanson triste qui mette de bonne humeur. Je balaie, range les pots de gelée royale avec une conscience professionnelle digne d'un chirurgien, passe un chiffon sur toutes les étagères, refais les étiquettes à moitié effacées en m'appliquant, en traçant des pleins et des déliés.

« La Javanaise ». Je mets de l'ordre dans la caisse, déplie les billets, les défroisse, aligne les pièces. J'ouvre les pots de tisanes, note sur le cahier prévu à cet effet celles qui seront bientôt manquantes.

« Je suis venu te dire que je m'en vais ».

Je regarde autour de moi. Respire un bon coup.

Dans l'escalier, je croise la sœur jumelle d'Anastassia. Être mal à l'aise est sa seconde nature. Elle accélère le pas en marmonnant un vague « bonjour, bonjour ».

– Attends ! Il faut que je te parle.

– Si c'est pour la porte, je n'y peux rien. Ma sœur n'est pas responsable de ses actes, elle ne peut être reconnue coupable. Il faut voir avec votre propriétaire ou avec l'assurance.

– Non, non, ce n'est pas pour la porte. Comment va Anastassia ? Où est-elle ?

Elle me regarde d'un air soupçonneux :

– Pourquoi ces questions ?

– Je voudrais lui rendre visite, prendre de ses nouvelles.

– Tu n'as pas mieux à faire ?

Elle s'aperçoit que son attitude est un brin agressive. Se radoucit :

– Je veux dire : c'est gentil, mais une jeune fille de ton âge est sûrement très occupée.

– Là n'est pas la question. J'aime beaucoup Anastassia, quoi qu'il se soit passé. L'autre jour, elle n'était pas dans son état normal. Les jours précédents non plus, d'ailleurs.

– Je sais. Elle a cessé de prendre ses médicaments, on ignore quand. J'aurais dû l'inviter chez moi pour la guerre mais ce n'était pas possible, mon mari ne supporte pas… De toute façon, elle n'aurait jamais accepté. Bref. Je suis désolée pour ce qui est arrivé, crois-moi. Si tu veux la voir, elle est à l'hospice de la rue Bar-El. Les visites sont autorisées à partir de 14 heures.

– À l'hospice ? Mais elle est trop jeune pour ça, ce n'est pas sa place !

– Les hôpitaux psychiatriques sont surchargés depuis le début de la guerre. Impossible de trouver une place, de Qiryat Shemona jusqu'à Eilat. Comme Anastassia n'a pas une pathologie lourde et qu'elle vient tout juste d'avoir soixante-cinq ans, l'hospice l'a acceptée.

Je voudrais lui demander quel est le problème avec son mari, ce qu'il ne supporte pas, pourquoi Anastassia n'aurait pas accepté d'aller chez eux. Je voudrais savoir quel est leur lien, comment on fait pour grandir aux côtés de son double fou, s'en séparer, mais elle est déjà partie, et de toute façon je n'aurais jamais osé poser ces questions.

Je reste assise un instant sur une marche, le visage entre les mains. Je n'ai pas envie de pousser la porte blessée et de me trouver dans la même pièce que lui, imprégnée des effluves de cigarette et de térébenthine que je ne supporte plus, et de son hostilité lourde. Je suis vide du courage nécessaire pour l'affronter, et lui dire que je ne veux plus de cet amour grimaçant.

Une infirmière me toise d'un air sévère :

– Vous êtes de la famille ?

– Éloignée.

Elle fait la moue :

– Personne n'est venu depuis qu'on l'a amenée ici, tu penses que c'est bien ?

Je baisse les yeux en agitant les doigts dans les poches de mon jean.

– Bien sûr, les gens n'ont pas que ça à faire, rendre visite aux vieux, les écouter grommeler des trucs incompréhensibles. Personne n'aime ça. Mais quand même ! Et nous ? Tu crois qu'on va avoir une prime ?

J'écarquille les yeux.

– Ben oui, une prime pour la guerre. Tu crois que c'est facile de leur faire mettre leur masque, aux vieux ? Tu crois qu'ils se laissent faire ? Y en a qui se marrent, ils éclatent de rire comme s'ils étaient au cirque, se moquent de nous. Y en a qui courent partout, qui nous crachent dessus, qui font pipi sur eux à chaque alerte, forcément, déjà qu'en temps normal c'est pas joli-joli alors là…

– Je suis désolée que ça se passe ainsi. Tu as mille fois raison, vous avez droit à une prime. Je te promets d'écrire au directeur de l'hospice pour faire pression. Est-ce que je pourrais voir Anastassia Finger-Mayer maintenant, s'il te plaît ?

Je lui ai coupé l'herbe sous le pied. Cette femme n'a pas l'habitude qu'on soit d'accord avec elle. Elle relève les commissures des lèvres dans un mouvement proche du sourire constipé, regarde ses fiches pour se donner une contenance, me dit :

– Installe-toi dans le hall, je vais la prévenir.

Je m'affale dans un fauteuil en velours grenat élimé, m'aperçois que j'ai toujours pensé que les fauteuils des hospices devaient être en velours grenat élimé, me demande comment on sait ce genre de chose. Il n'y a pas grand monde, ce doit être l'heure de la sieste. Je me blottis contre mon blouson, ferme les yeux et bascule dans un doux sommeil.

Une ombre me réveille en sursaut. Autour de moi, quelques femmes petites, ridées et silencieuses. Près des fenêtres, deux vieux parlent du même homme sans se regarder, un certain Jacob. L'un répète : Celui qui est mort à Auschwitz, en 43. Et l'autre ajoute : Oui, celui que personne n'avait réussi à marier. Toute sa vie il a fait le malheur de ses parents.

Pas d'Anastassia, ni d'infirmière au bord de la crise de nerfs.

Une vieille dame aux cheveux courts, élégante en diable – chemisier en soie crème, jupe en velours bleu marine, collier de perles – s'approche de moi en souriant.

– Bonjour, je m'appelle Anna. Et toi ?

J'hésite à donner mon prénom compliqué. Je réponds :

– Tamar.

– C'est pas mal, mais je préfère mon prénom. Attention, c'est Anna, et pas Hannah, comme ils disent ici, insiste-t-elle, la bouche crispée dans une expression méprisante.

Je répète docilement :

– Anna. C'est un très beau prénom, en effet.

Elle se rengorge, l'air satisfait :

– N'est-ce pas ? On dirait un prénom américain.

Nous nous taisons un instant. Je suis sûre que devant ses yeux, comme devant les miens, défilent des images où Gary Cooper, Cary Grant et Gregory Peck prennent par le coude des femmes séduisantes.

Elle me regarde avec un intérêt soudain :

– Bonjour. Je m'appelle Anna. Et toi ?

– Tamar.

Son regard est rempli de sollicitude :

– Tu es ici depuis longtemps, Tamar ?

– Vingt minutes environ.

Elle hoche la tête.

– Elles disent toutes ça mais moi je sais que ce n'est pas vrai. Tu es là depuis toujours, simplement tu ne le sais pas.

Je suis un peu perplexe.

– Moi, j'attends mon mari, dit-elle fièrement. Il est bijoutier. Nous avons une belle bijouterie, rue Polna. Tu connais ?

Je fais non de la tête.

– Comment, tu n'es pas de Varsovie ? demande-t-elle étonnée.

– Euh… Non.

Elle se tait. Puis me lance de nouveau son regard plein d'intérêt :

– Je m'appelle Anna. On dirait un prénom américain, non ? Et toi, comment t'appelles-tu ?

– Tamar.

– Tu es mariée, Tamar ?

– Oui.

– Il est beau, ton mari ?

– Oui.

– C'est bien. C'est très important d'avoir un beau mari. Le mien porte tous les jours le costume. Et une chemise bien repassée. C'est un beau garçon. Et ton mari, il porte le costume ?

– Non.

Elle fait une grimace.

– Dommage. C'est très embêtant. Très, très embêtant. S'il ne porte pas le costume, il ne pourra pas te garder longtemps, c'est certain. Vous n'en avez jamais parlé ensemble ?

Je secoue la tête. Elle enfonce soudain ses ongles dans mon bras. Murmure d'une voix blanche :

– Il faut en parler. C'est très important. S'il est comme ça, c'est qu'il se néglige. Il ne s'aime pas. Et s'il ne s'aime pas, comment veux-tu qu'il t'aime ? Et qu'il aime vos enfants ?

J'esquisse une mimique qui ne veut pas dire grand-chose. Elle poursuit :

– La nouvelle génération, c'est vraiment des idiots, tu ne crois pas ?

J'acquiesce.

– Je m'appelle Anna. C'est beau comme un prénom américain. Et toi, tu t'appelles comment ?

– Tamar.

Elle fait une grimace.

– C'est moche comme tout. Tu n'as pas de chance. As-tu vu mon mari ? Il doit passer me prendre. Nous avons une bijouterie rue Polna. Tu connais ?

– Je ne suis pas de Varsovie.

Elle ouvre de grands yeux fâchés.

– Comment ça, tu n'es pas de Varsovie ? Mais nous sommes à Varsovie !

– Excuse-moi, j'avais oublié.

Elle hausse les épaules.

– Pffff... Les jeunes d'aujourd'hui sont fous, ont des noms très laids et ne portent pas de costume. Quel monde.

L'infirmière surgit devant nous. Elle prend mon interlocutrice par l'épaule et la gronde d'une voix qui m'horripile :

– Madame Weissbrot, il faut y aller. Ça va être l'heure du dîner.

Anna me regarde d'un air désolé :

– Je vous avais dit que mon mari devait venir me chercher. On reparlera de ça une autre fois, d'accord ?

Je me lève pour lui serrer la main, tout en me demandant ce qu'elle entend par « ça ».

L'infirmière marmonne :

– Madame Finger-Mayer dort. Mieux vaut ne pas les réveiller quand ils dorment. Après ils sont agités.

Je voudrais lui dire qu'elle n'a aucune raison de glisser vers le pluriel lorsqu'elle parle d'Anastassia, que c'est humiliant et que si elle déteste autant les vieux elle n'avait qu'à choisir un autre métier, mais Anna Weissbrot semble pressée de rejoindre son mari à Varsovie et je n'ai pas le cœur de la regarder se diriger vers la salle à manger. Alors je dis :

– Je reviendrai une autre fois. Dites-lui que je suis passée.

En franchissant la porte de l'hospice Bar-El, je m'aperçois que je n'ai pas donné mon nom à l'infirmière. Ni le vrai ni le faux. Ça n'a pas grande importance.

Elle tient son petit contre elle. On dirait un koala accroché là pour toujours. Je crève d'envie de le prendre contre moi, de sentir contre ma poitrine les battements rapides de son cœur. Elle sourit :

– Je suis amoureuse d'un être chauve, ridé, édenté, qui bave et me réveille toutes les nuits. Tu peux expliquer ça, toi ?

Elle bâille. Je propose de faire un tour avec Ishmaël dans le quartier pour qu'elle se repose un peu. Elle accepte avec reconnaissance. Me répète à peu près dix fois de ne pas m'éloigner, on ne sait jamais, si l'alerte est donnée en plein jour. Je dis : Oui, oui, oui, ne t'inquiète pas, va prendre un bain, ou dors, ou lis, prends un peu de temps pour toi.

Nous plaçons délicatement Ishmaël dans sa poussette. Il se laisse faire. C'est un petit garçon docile. Je sens Tamar à la fois contente à la perspective d'être seule et tendue à l'idée de laisser son fils s'éloigner quelques instants. Même avec moi. Ou surtout avec moi, difficile de savoir. Je l'embrasse, lui répète qu'elle ne doit pas s'inquiéter, et me voilà dans la rue avec le bébé de ma meilleure amie.

J'ai l'impression d'être déguisée. Tout le monde va me regarder, flairer la supercherie. Je vois très bien de quoi j'ai l'air : une fille raide, gauche, qui pousse une poussette comme si c'était un acte interdit, ou très compliqué. Je baisse les yeux vers Ishmaël. Il me fixe avec intensité, ses yeux sombres reflètent une connaissance que je n'ai pas. Mais les bébés ne voient pas aussi loin, à cet âge, je m'invente encore des histoires. Je me penche vers lui, touche le bout de son nez, lui fredonne « Colchiques dans les prés », ça me donne une contenance. Mon pas s'allège. Je croise une dame qui se penche vers lui et dit :

– Il est magnifique, *mazel tov*, quel âge a-t-il ?

Je fais le calcul : la guerre a commencé le 17 janvier, il a donc un mois et trois jours. Elle s'attendrit :

– Le temps passe si vite. Il faut profiter de chaque seconde.

Je hoche la tête en souriant, caresse la joue d'Ishmaël qui me fixe toujours. Il a le regard d'un juge. Je pense au ventre rond de Tamar, et c'est lui qui s'y trouvait. Je pense aux paroles que ma mère a prononcées l'autre jour, le jour de mon anniversaire : À ton âge, je t'avais déjà. Je pense à Nathanaël qui me disait il y a quelques mois : J'aimerais avoir une fille qui te ressemble, je te veux en miniature, une petite fille avec plein de boucles qui sourirait tout le temps et me ferait du charme. Je pense à Nathanaël qui ne me parle plus, sauf pour me lancer des phrases qui font mal, et ensuite il veut faire l'amour, il dit : Je t'aime, c'est parce que je t'aime trop que c'est si difficile, tu comprends ? Je voudrais être tout le temps avec toi, tout le temps. Mais hier il m'a jeté cette phrase à la figure : Nous n'aurons jamais d'enfants ensemble, tu n'es pas capable d'être une bonne mère, tu es trop égoïste, tu ne penses qu'à toi, à tes copines, à tes études, on ne peut pas être un cerveau et un ventre à la fois, il faut choisir.

Je dois partir. Je vais partir. Je sais à cet instant précis, face à Ishmaël qui me fixe toujours, que tout est fini avec Nathanaël. Il y a trop de nœuds qui se resserrent autour de nos gorges, impossible de démêler quoi que ce soit, et je suis si fatiguée que ce constat ne me fait même pas mal. Je pense que je suis plusieurs fois partie. Et revenue. Que j'ai peur de sa réaction si je m'en vais pour de bon. Que je ne sais pas où aller.

Un bruit inhabituel m'alerte, sitôt la porte ouverte. Des frôlements agités et répétés. Des chocs sourds, du verre qui se brise. Tremblements, chaleur d'angoisse qui gagne la peau et la chair, et l'épicentre, le cœur qui cogne. À pas de loup, je m'avance dans le couloir, protégeant mon visage avec ma besace. Jette un coup d'œil dans la cuisine. Il me faut quelques secondes pour le voir. Il est perché sur l'égouttoir, ses petits yeux ronds et vifs plantés dans ma direction. Aux aguets, lui aussi. Je suis fascinée. Terrifiée et fascinée. D'un mouvement d'ailes il peut fondre sur moi, se poser sur ma tête, planter ses pattes griffues dans mes cheveux, me labourer le crâne, me donner des coups de bec dans le cou. Me tuer. La fenêtre de la cuisine est fermée. Il a dû entrer par la chambre.

Pour fuir il n'a d'autre issue que le couloir, où je me trouve.

Mes pieds collés au sol, reliés directement à ma peur. Un cri bloqué dans ma gorge, muet et déchirant. Je le retiens par toutes les fibres possibles, ce cri qui ferait s'envoler l'oiseau. Il sera affolé. Il se cognera contre les murs, contre la fenêtre, contre moi. Il sera sous mes yeux le prisonnier qui refuse l'évidence, qui devient fou.

Je pense que si je sors vivante de cet instant de terreur, je réciterai chaque matin la prière des êtres heureux de vivre sans un pigeon dans leur appartement. Je respirerai à pleins poumons. D'ailleurs, l'air a recommencé à y circuler tandis que monte en moi un élan inconnu qui rassemble ce qui me reste de forces et de courage, d'instinct de survie, de confiance peut-être, et je claque violemment la porte de la cuisine. Le mouvement de mon bras est ample, et le bruit, inouï. Je l'ai claquée comme je n'ai jamais frappé de ma vie, comme je n'ai jamais giflé, comme je ne me suis jamais battue, comme je n'ai jamais dit non, comme je n'ai jamais sauvé ma peau.

Il est enfermé. Et moi, hors d'atteinte.

L'envie farouche d'embrasser quelqu'un, de faire des bonds, de courir en déchirant l'air de mes cris victorieux. J'entasse mes affaires dans mon gros sac gris, très vite, sans prendre le temps de plier, de trier, de bien faire. Un regard pour la porte toujours fendue et un peu sale dans le bois creux, et je dévale l'escalier. Après quelques secondes d'hésitation, je glisse le trousseau de clés dans la boîte aux lettres.

En poussant le portail je lève les yeux vers notre balcon, pense au pigeon, et à la tête que fera Nathanaël lorsqu'il le découvrira.

Je descends la rue, mélange de soulagement et d'euphorie. Je m'entends dire à voix haute : Ça y est, je suis partie, puis : Merde, merde, merde, j'avais oublié.

– Eh ! La Française !

– Herzl, je suis désolée. J'aurais dû venir te parler, au lieu de fuir comme une lâche. Mais c'était trop difficile, à cause de la guerre, à cause du reste. Je n'ai pas un sou, je suis à découvert, Nathanaël a cessé de travailler. Je pars. Je le quitte. Ce n'est pas une excuse, ça n'a rien à voir avec nos dettes mais je veux te dire la vérité, pour une fois. Mes parents vont m'envoyer de l'argent. Je promets de te payer dès que je l'aurai reçu, je pourrai même te verser des intérêts.

– Attends, attends. Je me fiche de ton argent.

– Comment ?!

– En tout cas *aujourd'hui* je me fiche de ton argent. Sais-tu où est Anastassia ?

– Pourquoi ? Elle t'en doit encore plus que moi ?

Il jette un regard méfiant à la ronde, puis il me fait signe de le suivre, en apposant sur la porte l'écriteau « Fermé pour raisons personnelles qui ne regardent que le propriétaire » et je me retrouve dans la pénombre de l'épicerie, seule avec lui.

– Assieds-toi, dit-il en désignant un petit escabeau. Tu veux un café ?

Sa question fait flotter devant moi le visage d'Anastassia, sa moue méprisante pour dire que Herzl n'a jamais de thé. Je dis oui.

Il prépare un café turc, avec des gestes lents et précis. La gravité lui va bien. Elle lui donne les traits de celui qui a eu une vie plus dense que celle qu'on prête à un épicier. Comme si les traces du passé étaient soudain remontées à la surface de la peau. Il verse le breuvage noir dans deux petits verres et prend place en face de moi. L'air gêné.

Je plonge mon regard dans le sien en hochant la tête, comme si j'acquiesçais à ce qu'il tait. D'ailleurs, je crois que j'ai tout compris.

– Voilà. Anastassia, eh bien… elle est née en Allemagne, tu savais ? Ses parents, sa sœur et elle sont arrivés ici juste avant la guerre, elle avait douze, treize ans. Ils ont sauvé leur vie, mais c'est l'Allemagne qu'elle préférait, elle m'en parlait tout le temps. Les lacs, les montagnes, les cafés, les jolies toilettes des filles, les kiosques à musique dans les jardins. Tu me croirais si je te disais qu'on a grandi ensemble ? On a grandi ensemble. Elle était très belle. Trop grande mais belle. On habitait là, rue Tchernikhovsky, juste à côté, tu vois ? On était voisins. Tout le monde la regardait. Elle ne regardait personne. Sa sœur aussi on la regardait mais elle, elle minaudait. C'est étrange. Elles se ressemblaient beaucoup mais je ne les ai jamais confondues. Bertha… comment dire… Il lui manquait quelque chose dans le regard, quelque chose que seule Anastassia avait. Elle volait quand elle marchait, répandait de la lumière, tu vois ce que je veux dire ? Il y a des gens, tu ne sais pas comment ils font, de quoi ils sont faits, mais ils diffusent une lumière. Elle passait du rire aux larmes en un clin d'œil, capable de sangloter en parlant à un oiseau, ou de rire en comptant sur ses doigts. Quand son regard croisait le tien, on avait l'impression d'être interrogé par un enfant sur le sens de la vie, tu comprends ?

Je suis abasourdie. Jamais je n'aurais cru Herzl capable de raconter son amour de jeunesse avec autant de poésie. Ses mains sont parcourues d'un léger tremblement.

– Bref. Elle s'est mariée avec un type de Haïfa, un architecte tout maigre à lunettes. Ils sont partis dans le Nord. Bertha est descendue à Tel-Aviv où elle s'est mariée, elle aussi. Les parents sont morts. Pendant quarante ans, je n'ai pas eu de nouvelles, mais je ne l'ai jamais oubliée. D'ailleurs, je ne me suis pas marié, je ne sais pas si c'est à cause de ça. Je n'ai jamais été très beau, de toute façon, et longtemps je n'ai pas eu beaucoup d'argent… Et puis elle est revenue il y a quatre ans. Elle s'est installée dans le quartier, est passée à l'épicerie, m'a dit : Bonjour, Herzl, comment vas-tu ? comme si nous nous étions quittés la veille. Elle se souvenait de mon prénom, tu te rends compte ? Je l'ai invitée à boire un café, un autre, on a parlé. Elle surtout. Elle parle bien, Anastassia. Elle m'a raconté sa vie, les humiliations en Allemagne, quand l'autre salaud est arrivé au pouvoir, et puis son mari qui se fâchait souvent parce qu'ils n'arrivaient pas à avoir d'enfants, parce qu'elle pleurait ou éclatait de rire pour un rien. Quel idiot ! Un architecte idiot ! Il faut croire que ça existe.

Nous méditons tous deux sur cette aberration et laissons s'écouler un silence précieux.

– C'est une magnifique histoire, Herzl. Anastassia est à l'hospice de la rue Bar-El. Les visites sont autorisées à partir de 14 heures. Elle était agitée après les premières alertes, et ne pouvait pas rester seule. Bertha lui a trouvé une place là-bas. Je suis sûre qu'elle sera heureuse de te voir.

– Merci. Garde l'argent que tes parents vont t'envoyer. Tu en auras besoin. L'épicerie a bien marché ce mois-ci, les gens grignotent pendant les alertes, font des repas nocturnes. C'est une drôle de guerre, hein ? Oui, une drôle de guerre.

III

Il habite au troisième et dernier étage de l'une de ces maisons-cubes de Tel-Aviv, un appartement posé sur une terrasse grise. On croirait une maison tombée du ciel.

Il a désigné la ville, la mer et le ciel d'un geste large et a dit fièrement :

– Une vue imprenable sur les Scud, les Patriot, les attaques en tout genre. Tu es aux premières loges.

J'ai contemplé les toits, tous hérissés de réservoirs d'eau et de panneaux solaires, l'étendue bétonneuse, poussiéreuse et brillante et j'ai compris que la laideur ne s'oppose pas à la beauté, mais qu'elle s'adresse à une autre part de nous-mêmes.

– Tu es vraiment quelqu'un d'exceptionnel. Tout le monde fuit Tel-Aviv, et c'est l'endroit que tu choisis pour passer tes vacances !

J'ai posé mon sac près d'une étagère en osier. J'ai regardé les tissus indiens et bédouins jetés un peu partout, sur le lit, le canapé, accrochés aux murs. Il y avait aussi quelques photos en noir et blanc de

New York dans les années trente. Je me suis sentie accueillie.

Il m'a dit :

– En ce moment, je bosse sur ma thèse et je travaille dans un café, à Sheinkin. Prends un double des clés, tu es ici chez toi.

Il m'a montré la salle d'eau, expliqué où se trouvait l'épicerie la plus proche, m'a demandé si je préférais le lit ou le canapé. J'ai dit :

– Le canapé.

– C'est un futon, on dort bien dessus, a-t-il approuvé en souriant.

Il a rapporté un oreiller, des draps et une couette de sa chambre, m'a dit :

– Je rentre tard, tu n'es pas obligée de m'attendre.

J'ai regardé autour de moi. J'ai demandé :

– Elle est où, ta chambre hermétique ?

– Je n'en ai pas. Ça t'ennuie ?

– Non. Je ne supportais plus d'être enfermée comme ça. De toute façon, cette protection ne rime à rien.

– Fais comme chez toi. Il y a des disques, des livres, du cottage, du thé, tout ce qu'il faut pour survivre. *Yallah. Bye.*

J'ai pensé sortir. Marcher sur la plage, manger quelque chose. Mais c'était si doux de se sentir à l'abri, d'être là où tout le monde ignorait que j'étais, seule et protégée par les objets appartenant à ce garçon qui avait griffonné un soir son numéro de téléphone sur un bout de papier. Un souffle léger, amical et bienveillant flottait autour de moi. La housse et les draps exhalaient une odeur de lessive qui m'attirait.

J'ai enfilé un T-shirt, me suis pelotonnée dans la couette. Je me suis dit : Je suis capable, ici, de ne penser à rien. À personne. Je me suis endormie.

Je n'ai pas sursauté lorsque j'ai entendu la porte s'ouvrir. Yariv est entré sur la pointe des pieds. J'ai aimé l'entendre se servir un verre en prenant soin de ne pas faire de bruit, aller à la salle d'eau sur la pointe des pieds. L'air était rempli à présent de sa sollicitude à mon égard. Je gardais les yeux fermés, savourant sa présence silencieuse. Il s'est approché. Il me regardait. J'ai espéré qu'il ne passe pas la main dans mes cheveux, ne m'embrasse pas, ne brise pas la fragile coquille dans laquelle je me trouvais depuis quelques heures. De longues secondes se sont écoulées et il est allé se coucher.

Lorsque j'ai entendu la sirène, plus tard, dans un demi-sommeil, je me suis contentée de rabattre la couette sur ma tête, et de replonger dans mon rêve.

Ici depuis trois jours, et déjà des habitudes.

Je me lève en même temps que Yariv. Nous prenons notre petit déjeuner ensemble, même si j'ai quelques réticences à voir quelqu'un manger de la salade à une heure matinale. Puis il part à la bibliothèque ou à son café. Je débarrasse, regarde Tel-Aviv du haut de la terrasse, longtemps, descends ensuite vers la mer. Je marche jusqu'à ce que mes chevilles demandent grâce. Je vais au Picasso, commande une limonade, lis les journaux et vais m'asseoir sur le sable, encore froid en cette saison. Je regarde l'horizon.

Dans le journal du jour, des rabbins prédisent la

fin de la guerre avant la fête de Pourim, qui tombe dans une semaine. Nous avons eu droit à deux nuits sans alerte.

Ce soir Yariv ne travaille pas. Il s'affaire dans la cuisine pour préparer un repas indien. Un *vrai* repas indien, a-t-il souligné. Il a rapporté des recettes et des épices de là-bas, l'an dernier. Je propose de l'aider. Il me dit :

– Pas aujourd'hui, tu es mon invitée.

Alors je le regarde. Je ne quitte pas des yeux ses mains qui massent un blanc de poulet, le découpent en lamelles avec précision, le saupoudrent d'une pluie de couleurs. Il a dressé la table sur la terrasse. Deux assiettes, deux verres, une bouteille de vin. Il fait doux ce soir.

Le repas est délicieux. Il me raconte l'Inde, si nécessaire après un service militaire de trois ans, et le désir, ensuite, d'y retourner chaque année. Il va chercher un album dans sa chambre. Des paysages comme j'ignorais qu'il en existait. Je ne sais pas grand-chose de cette terre, me dis-je. Je n'ai rien vu, ou presque. Sur certaines photos il est seul. Sur d'autres il y a une fille. Et puis une autre. Je ne pose pas de questions, et il ne précise rien.

Il prépare un thé à la menthe. Nous nous asseyons sur des coussins marocains. Je lève la tête vers le ciel. Les étoiles sont moins visibles qu'à Jérusalem. Je pense à une chanson que diffuse la radio en ce moment : *Sur les toits de Tel-Aviv / Quelque chose se passe cette nuit / Ce n'est pas à cause de la chaleur / Pas à cause du froid / Que je me suis cachée ici.*

– Je peux te poser une question ? Tu as le droit de ne pas répondre, bien sûr.

– Je t'en prie.

– Pourquoi as-tu quitté la France ?

Je lève de nouveau la tête vers les étoiles, hésite et choisis de m'adresser à l'encolure de son polo.

– J'avais envie de travailler sur Josèphe. Jérusalem me semblait l'endroit idéal.

– Des tas de gens travaillent sur Josèphe en Europe et aux États-Unis, sans venir pour autant vivre ici.

– Je sais.

– Tu es d'une famille pratiquante ?

– Non. Mon père est né dans une famille ashkénaze assimilée catégorie « on s'est fâchés avec Dieu et la notion d'élection le 1er septembre 1939 ». Ma mère, elle, est d'une famille tunisienne. Quelques traditions, culinaires surtout, et c'est tout.

– Israël, pour toi, ça représentait quoi ?

Je souris :

– Un pays où on peut s'installer une semaine chez quelqu'un qu'on connaît à peine sans qu'il pose trop de questions.

Ses yeux se plissent. Il a un regard enfantin et doux qui me bouleverse. Les mots, attirés par ce regard, se fraient un passage dans ma gorge.

– J'étais fille unique. J'avais des amis qui me plaignaient, d'autres qui m'enviaient. Les adultes, les vieux surtout, disaient souvent : Elle est « fiunique », avec un regard plein de pitié, comme s'il s'agissait d'une maladie. Et puis ma mère est tombée enceinte. J'avais sept ans environ. J'étais persuadée que j'allais avoir une petite sœur. Je l'attendais. Son arrivée devait transformer ma vie. Un jour, on m'a envoyée passer le week-end chez mon oncle et ma tante. Je n'aimais pas aller chez eux mais je n'osais rien dire, j'étais très docile. Quand je suis rentrée, il m'a semblé que quelque chose s'était produit, mais aucun changement n'était visible. Et puis les semaines ont passé. Le ventre de ma mère est devenu de moins en moins rond. Difforme et mou. Un soir, à la sortie de l'école, nous sommes passées par la boulangerie acheter du pain. J'ai demandé des bonbons. Elle a dit oui. J'étais surprise parce qu'elle refusait d'habitude. Dans la foulée, j'ai demandé un œuf en chocolat. Elle a dit oui. J'étais de plus en plus perplexe. Inquiète aussi. Pour voir jusqu'où cet étrange prodige pouvait aller, j'ai demandé qu'elle m'achète un collier et un bracelet en bonbons. Elle a dit oui, ma chérie, bien sûr. Nous sommes allées au square. Elle portait ses lunettes de soleil et une robe à fleurs qui lui allait bien. En face de nous, un enfant mangeait du sable en se léchant les doigts. Je me souviens encore du dégoût que ce geste m'inspirait. Maman m'a prise contre elle et m'a dit que le bébé ne viendrait pas. C'était une nouvelle incompréhensible. Elle m'a expliqué qu'il avait été très malade, et qu'il n'avait pas eu la force de vivre jusqu'à sa naissance. J'ai demandé si c'était une petite fille. Elle a dit oui, la voix brisée. J'ai su, ou j'ai senti, qu'elle était morte le week-end passé chez mon oncle et ma tante. Et…

La sirène me coupe la parole.

Nous nous regardons. Je sens des larmes en équilibre au bord de mes paupières.

– Tu veux voir, au moins une fois ?

Nous nous accoudons à la rambarde en béton. Au bout de quelques minutes nous entendons un sifflement, suivi de près par un autre. Deux éclairs jaune-orangé dans le ciel, deux magnifiques traînées qui illuminent Tel-Aviv. Les Scud sont au-dessus de nos têtes mais le tir est trop long, ils se font faucher par deux Patriot au-dessus de la mer. Le souffle des explosions fait vibrer les immeubles et nos entrailles.

– C'est beau, n'est-ce pas ?

J'acquiesce. Je me dis : Voilà, j'ai regardé la guerre dans le blanc des yeux. C'est une curieuse impression d'irréalité. La mort est passée au-dessus de nos têtes en sifflant, et nous sommes toujours vivants.

Nous débarrassons. Yariv va se brosser les dents. Je me sens tout à coup projetée dans son intimité et ça m'affole. Il sourit en passant près de moi, me souhaite une bonne nuit, me serre une seconde contre lui, se penche pour saisir un disque qu'il me tend :

– Écoute ça, ce soir ou demain. La chanson numéro sept, « Shir ». Elle est triste. Elle est belle.

Je l'entends se coucher.

Je reste allongée sur le futon sans bouger pendant cinq minutes. Toute raide. Les muscles douloureux.

Les chiffres rouges du réveil indiquent qu'il est deux heures du matin, et huit minutes.

Yariv ne travaille pas demain.

Je me lève. Prends l'oreiller contre moi. Me dirige

vers sa chambre. Il y fait clair. Je m'approche de son lit. Il a les yeux ouverts.

– Je peux dormir près de toi ?

– Oui, bien sûr, viens.

Les soirs qui suivent, nous instaurons le rituel du thé à la menthe sur la terrasse, et des confidences. Je lui raconte l'oncle. Il faisait ce que les hommes n'ont pas le droit de faire aux enfants, ces gestes qui te donnent envie de mourir et de pleurer toute une vie ensuite, même quand tu crois que tu t'en es sortie, que c'est loin, hors de ta vie, c'est faux, bien sûr, ce n'est jamais qu'un répit, un leurre. Le passé n'existe pas, pas plus que l'avenir. C'est bien en hébreu biblique qu'on parle d'accompli et d'inaccompli, non ? Ce qui est accompli est en toi, le bien et les saloperies, les caresses et les coups, c'est gravé à jamais, ça ne s'efface qu'avec la mort…

Mon frère, né un an après l'évaporation de ma petite sœur. Ce frère assassin, ce frère qui, j'en étais persuadée, avait tué ma sœur dans le ventre de ma mère. Je refusais de l'appeler par son prénom, j'inscrivais « fille unique » sur les fiches de renseignements à l'école, je lui racontais en cachette des histoires qui le terrifiaient, lui promettais une vie de cauchemars. Il était souvent malade. On m'envoyait alors chez l'ogre et la sorcière, pour que ma mère puisse s'occuper de lui, et que je m'amuse un peu. Que je m'amuse… Je le maudissais. Nous étions tous laids à mes yeux. Indignes de vivre. J'espérais notre mort.

Les livres, l'école, la musique, la soif d'être aimée, qui m'avaient repêchée à temps.

Le soleil qui m'avait réchauffée dans ce pays où je n'étais pas née, où nul souvenir d'enfance n'habitait les pierres, dont les visages me racontaient une tout autre histoire que la mienne. La langue qui avait exigé de moi que je réapprenne à parler, que je balbutie, que je fasse l'effort de rassembler des bribes. Le verbe « être » qui ne se conjuguait pas au présent, ce qui m'avait laissée perplexe, et me convenait bien, au fond.

La guerre s'est effilochée, a perdu de sa consistance, pris fin le jour anniversaire de l'indépendance du Koweït, quelques jours avant Pourim. Les rabbins ne s'étaient pas trompés.

J'ai téléphoné à Tamar, à Enrique, à mes parents. J'ai dit à tous que j'allais bien, que je quittais Jérusalem, mettais mes études entre parenthèses et donnerais de plus amples nouvelles, plus tard. À mes parents, j'ai dit qu'il n'y avait pas de téléphone là où j'étais. C'était comme ça.

Mois de mars, mois de promesses, chantonnait ma grand-mère. Mon premier matin de travail au café de Yariv, où on a besoin d'une serveuse. Je dresse les tables, plie des serviettes, coupe des fleurs pour les disposer dans des vases, la radio en sourdine. Les chansons ont remplacé les polémiques. Les sept bips du flash de dix heures, que j'écoute distraitement. On y parle d'un nouvel ordre mondial. Puis une phrase se grave en moi, me stupéfie avant que j'en saisisse le sens, dans un sursaut d'incrédulité : « *Hazamar hatsarfati Serge Gainsbourg niftar haboker beParis begil shishim oushtayim...* »

Gainsbourg le poète, Gainsbourg le Juif, Gainsbourg la provoc est mort, et c'est un journaliste israélien qui me l'apprend, à quatre mille kilomètres de Paris. Je ne sais que faire de la tristesse qui m'a envahie, alors je travaille un peu plus vite, comme si une urgence m'avait soudain saisie.

Il est parti tôt ce matin. Douceur et gratitude m'ont envahie avant même que j'ouvre les yeux. Je me réveille dans le lit d'un homme qui me prend contre lui le soir et ne me fait pas peur. J'ai respiré son odeur sur l'oreiller, sur la couette, le polo qu'il portait hier. Une odeur de poivre, de flanelle et de sucre brun qui me fait chavirer, dont je veux m'imprégner, qui incarne le secret dont je me sens porteuse. Comme souvent ces jours-ci un mouvement léger et incontrôlable a contracté les muscles de mon ventre, ma poitrine, mes joues, pour éclore en un sourire sur mes lèvres, illuminant tout à l'intérieur.

J'ai regardé Tel-Aviv qui me consolait tant, ai laissé l'air humide et frais, les effluves salés de la mer et âcres des pots d'échappement pénétrer mes poumons, se mêler à l'odeur de Yariv. J'ai repensé aux éclairs jaune- orangé, aux sirènes qui s'étaient tues. Jusqu'à la prochaine guerre ? Je suis allée prendre une douche.

Le jet était puissant. Plus puissant que les jours précédents. J'ai fermé les yeux et j'ai laissé l'eau couler. Des litres et des litres d'eau déversés sur moi, alourdissant mes cheveux, caressant mon corps. C'était une eau tiède, claire, abondante. Douce, si douce que je n'avais même pas la sensation d'être mouillée. J'étais submergée mais je ne me noyais pas. Un bonheur immense se déployait en moi, investissait ma chair et ma peau. J'ai dirigé le jet vers mon visage, mes épaules, mon ventre, avec une jubilation de plus en plus grande, enivrée par le contact de l'eau, le goût de l'eau, la vapeur qui avait envahi la cabine. J'ai pensé une seconde que je vivais dans un pays où la sécheresse était une préoccupation nationale, et que prendre une douche aussi longue était presque un acte de haute trahison mais la sensation d'être moi-même devenue eau limpide était trop forte, je ne pouvais pas résister à l'envie d'abreuver mon corps le plus longtemps possible, le plus longtemps possible, le plus longtemps possible, mon corps étonné de vivre cet instant, joyeux, qui exigeait d'être immergé. J'ai promené le jet de haut en bas, de bas en haut, m'enveloppant dans cette sensation nouvelle, me demandant pourquoi un tel bonheur devait prendre fin. Je me suis assise en continuant à passer le jet sur mon corps recroquevillé, j'ai avalé des gorgées d'eau, le pommeau collé au visage, et je suis sortie très vite, à peine séchée, les cheveux trempés. J'ai pris la rue Bograshov pour descendre vers la mer, le soleil derrière moi. Je marchais d'un pas rapide, léger, l'eau dégoulinait dans mon dos, des gouttes coulaient de ma nuque et chatouillaient ma colonne vertébrale en dessinant des frissons sur ma peau. Des hommes m'ont regardée. Des hommes m'ont parlé. J'ai continué à marcher droit vers la mer. J'avais une conscience aiguë de ma présence dans la ville, de mon corps fendant l'air qui commençait à tiédir. J'ai senti que je contenais en moi des milliers de possibles, tels des points lumineux. Je ne pouvais pas les nommer, je ne pouvais pas dire de quoi ils étaient faits mais ils étaient là, flottant dans le bonheur et la douleur d'exister, d'avoir les yeux ouverts, de lever la tête vers le ciel, marcher vers la mer, et se sentir vivante.

Les passages de *La Guerre des Juifs*, de Flavius Josèphe, sont extraits de la traduction de Pierre Savinel parue aux Éditions de Minuit en 1977.

COMPOSITION : PAO ÉDITIONS DU SEUIL

Cet ouvrage a été imprimé en France par
CPI Bussière
à Saint-Amand-Montrond (Cher)
en juillet 2009.
N° d'édition : 98541. - N° d'impression : 91192.
Dépôt légal : août 2009.

Collection Points

DERNIERS TITRES PARUS

P1685. Desproges, portrait, *Marie-Ange Guillaume*
P1686. Les Amuse-Bush, *Collectif*
P1687. Mon valet et moi, *Hervé Guibert*
P1688. T'es pas mort !, *Antonio Skármeta*
P1689. En la forêt de Longue Attente.
Le roman de Charles d'Orléans, *Hella S. Haasse*
P1690. La Défense Lincoln, *Michael Connelly*
P1691. Flic à Bangkok, *Patrick Delachaux*
P1692. L'Empreinte du renard, *Moussa Konaté*
P1693. Les fleurs meurent aussi, *Lawrence Block*
P1694. L'Ultime Sacrilège, *Jérôme Bellay*
P1695. Engrenages, *Christopher Wakling*
P1696. La Sœur de Mozart, *Rita Charbonnier*
P1697. La Science du baiser, *Patrick Besson*
P1698. La Domination du monde, *Denis Robert*
P1699. Minnie, une affaire classée, *Hans Werner Kettenbach*
P1700. Dans l'ombre du Condor, *Jean-Paul Delfino*
P1701. Le Nœud sans fin. Le Chant d'Albion III
Stephen Lawhead
P1702. Le Feu primordial, *Martha Wells*
P1703. Le Très Corruptible Mandarin, *Qiu Xiaolong*
P1704. Dexter revient !, *Jeff Lindsay*
P1705. Vous plaisantez, monsieur Tanner, *Jean-Paul Dubois*
P1706. À Garonne, *Philippe Delerm*
P1707. Pieux mensonges, *Maile Meloy*
P1708. Chercher le vent, *Guillaume Vigneault*
P1709. Les Pierres du temps et autres poèmes, *Tahar Ben Jelloun*
P1710. René Char, *Éric Marty*
P1711. Les Dépossédés, *Robert McLiam Wilson et Donovan Wylie*
P1712. Bob Dylan à la croisée des chemins. Like a Rolling Stone
Greil Marcus
P1713. Comme une chanson dans la nuit
suivi de Je marche au bras du temps, *Alain Rémond*
P1714. Où les borgnes sont rois, *Jess Walter*
P1715. Un homme dans la poche, *Aurélie Filippetti*
P1716. Prenez soin du chien, *J.M. Erre*
P1717. La Photo, *Marie Desplechin*
P1718. À ta place, *Karine Reysset*
P1719. Je pense à toi tous les jours, *Hélèna Villovitch*
P1720. Si petites devant ta face, *Anne Brochet*
P1721. Ils s'en allaient faire des enfants ailleurs
Marie-Ange Guillaume
P1722. Le Jugement de Léa, *Laurence Tardieu*

P1723. Tibet or not Tibet, *Péma Dordjé*
P1724. La Malédiction des ancêtres, *Kirk Mitchell*
P1725. Le Tableau de l'apothicaire, *Adrian Mathews*
P1726. Out, *Natsuo Kirino*
P1727. La Faille de Kaïber. Le Cycle des Ombres I
Mathieu Gaborit
P1728. Griffin. Les Descendants de Merlin III, *Irene Radford*
P1729. Le Peuple de la mer. Le Cycle du Latium II
Thomas B. Swann
P1730. Sexe, mensonges et Hollywood, *Peter Biskind*
P1731. Qu'avez-vous fait de la révolution sexuelle ?
Marcela Iacub
P1732. Persée, prince de la lumière. Le Châtiment des dieux III
François Rachline
P1733. Bleu de Sèvres, *Jean-Paul Desprat*
P1734. Julius et Isaac, *Patrick Besson*
P1735. Une petite légende dorée, *Adrien Goetz*
P1736. Le Silence de Loreleï, *Carolyn Parkhurst*
P1737. Déposition, *Leon Werth*
P1738. La Vie comme à Lausanne, *Erik Orsenna*
P1739. L'Amour, toujours !, *Abbé Pierre*
P1740. Henri ou Henry, *Didier Decoin*
P1741. Mangez-moi, *Agnès Desarthe*
P1742. Mémoires de porc-épic, *Alain Mabanckou*
P1743. Charles, *Jean-Michel Béquié*
P1744. Air conditionné, *Marc Vilrouge*
P1745. L'Homme qui apprenait lentement, *Thomas Pynchon*
P1746. Extrêmement fort et incroyablement près
Jonathan Safran Foer
P1747. La Vie rêvée de Sukhanov, *Olga Grushin*
P1748. Le Retour du Hooligan, *Norman Manea*
P1749. L'Apartheid scolaire, *G. Fellouzis & Cie*
P1750. La Montagne de l'âme, *Gao Xingjian*
P1751. Les Grands Mots du professeur Rollin
Panacée, ribouldingue et autres mots à sauver
Le Professeur Rollin
P1752. Dans les bras de Morphée
Histoire des expressions nées de la mythologie
Isabelle Korda
P1753. Parlez-vous la langue de bois ?
Petit traité de manipulation à l'usage des innocents
Martine Chosson
P1754. Je te retrouverai, *John Irving*
P1755. L'Amant en culottes courtes, *Alain Fleischer*
P1756. Billy the Kid, *Michael Ondaatje*
P1757. Le Fou de Printzberg, *Stéphane Héaume*
P1758. La Paresseuse, *Patrick Besson*
P1759. Bleu blanc vert, *Maïssa Bey*

P1760. L'Été du sureau, *Marie Chaix*
P1761. Chroniques du crime, *Michael Connelly*
P1762. Le croque-mort enfonce le clou, *Tim Cockey*
P1763. La Ligne de flottaison, *Jean Hatzfeld*
P1764. Le Mas des alouettes, Il était une fois en Arménie
Antonia Arslan
P1765. L'Œuvre des mers, *Eugène Nicole*
P1766. Les Cendres de la colère. Le Cycle des Ombres II
Mathieu Gaborit
P1767. La Dame des abeilles. Le Cycle du latium III
Thomas B. Swann
P1768. L'Ennemi intime, *Patrick Rotman*
P1769. Nos enfants nous haïront
Denis Jeambar & Jacqueline Remy
P1770. Ma guerre contre la guerre au terrorisme, *Terry Jones*
P1771. Quand Al-Quaïda parle, *Farhad Khosrokhavar*
P1772. Les Armes secrètes de la C.I.A., *Gordon Thomas*
P1773. Asphodèle, *suivi de* Tableaux d'après Bruegel
William Carlos Williams
P1774. Poésie espagnole 1945-1990 (anthologie)
Claude de Frayssinet
P1775. Mensonges sur le divan, *Irvin D. Yalom*
P1776. Le Sortilège de la dague. Le Cycle de Deverry I
Katharine Kerr
P1777. La Tour de guet *suivi des* Danseurs d'Arun.
Les Chroniques de Tornor I, *Elisabeth Lynn*
P1778. La Fille du Nord, Les Chroniques de Tornor II
Elisabeth Lynn
P1779. L'Amour humain, *Andreï Makine*
P1780. Viol, une histoire d'amour, *Joyce Carol Oates*
P1781. La Vengeance de David, *Hans Werner Kettenbach*
P1782. Le Club des conspirateurs, *Jonathan Kellerman*
P1783. Sanglants trophées, *C.J. Box*
P1784. Une ordure, *Irvine Welsh*
P1785. Owen Noone et Marauder, *Douglas Cowie*
P1786. L'Autre Vie de Brian, *Graham Parker*
P1787. Triksta, *Nick Cohn*
P1788. Une histoire politique du journalisme, *Géraldine Muhlmann*
P1789. Les Faiseurs de pluie.
L'histoire et l'impact futur du changement climatique
Tim Flannery
P1790. La Plus Belle Histoire de l'amour, *Dominique Simonnet*
P1791. Poèmes et proses, *Gerard Manley Hopkins*
P1792. Lieu-dit l'éternité, poèmes choisis, *Emily Dickinson*
P1793. La Couleur bleue, *Jörg Kastner*
P1794. Le Secret de l'imam bleu, *Bernard Besson*
P1795. Tant que les arbres s'enracineront
dans la terre et autres poèmes, *Alain Mabanckou*

P1796. Cité de Dieu, *E.L. Doctorow*
P1797. Le Script, *Rick Moody*
P1798. Raga, approche du continent invisible, *J.M.G. Le Clézio*
P1799. Katerina, *Aharon Appefeld*
P1800. Une opérette à Ravensbrück, *Germaine Tillion*
P1801. Une presse sans Gutenberg,
Pourquoi Internet a révolutionné le journalisme
Bruno Patino et Jean-François Fogel
P1802. Arabesques. L'aventure de la langue en Occident
Henriette Walter et Bassam Baraké
P1803. L'Art de la ponctuation. Le point, la virgule
et autres signes fort utiles
Olivier Houdart et Sylvie Prioul
P1804. À mots découverts. Chroniques au fil de l'actualité
Alain Rey
P1805. L'Amante du pharaon, *Naguib Mahfouz*
P1806. Contes de la rose pourpre, *Michel Faber*
P1807. La Lucidité, *José Saramago*
P1808. Fleurs de Chine, *Wei-Wei*
P1809. L'Homme ralenti, *J.M. Coetzee*
P1810. Rêveurs et nageurs, *Denis Grozdanovitch*
P1811. - 30°, *Donald Harstad*
P1812. Le Second Empire. Les Monarchies divines IV
Paul Kearney
P1813. Été machine, *John Crowley*
P1814. Ils sont votre épouvante, et vous êtes leur crainte
Thierry Jonquet
P1815. Paperboy, *Pete Dexter*
P1816. Bad city blues, *Tim Willocks*
P1817. Le Vautour, *Gil Scott Heron*
P1818. La Peur des bêtes, *Enrique Serna*
P1819. Accessible à certaine mélancolie, *Patrick Besson*
P1820. Le Diable de Milan, *Martin Suter*
P1821. Funny Money, *James Swain*
P1822. J'ai tué Kennedy ou les mémoires d'un garde du corps
Manuel Vázquez Montalbán
P1823. Assassinat à Prado del Rey et autres histoires sordides
Manuel Vázquez Montalbán
P1824. Laissez entrer les idiots. Témoignage d'un autiste
Kamran Nazeer
P1825. Patients si vous saviez, *Christian Lehmann*
P1826. La Société cancérigène
Geneviève Barbier et Armand Farrachi
P1827. La Mort dans le sang, *Joshua Spanogle*
P1828. Une âme de trop, *Brigitte Aubert*
P1829. Non, ce pays n'est pas pour le vieil homme
Cormack Mc Carthy
P1830. La Psy, *Jonathan Kellerman*

P1831. La Voix, *Arnaldur Indridason*
P1832. Les Nouvelles Enquêtes du juge Ti, vol. 4
Petits meurtres entre moines, *Frédéric Lenormand*
P1833. Les Nouvelles Enquêtes du juge Ti, vol. 5
Madame Ti mène l'enquête, *Frédéric Lenormand*
P1834. La Mémoire courte, *Louis-Ferdinand Despreez*
P1835. Les Morts du Karst, *Veit Heinichen*
P1836. Un doux parfum de mort, *Guillermo Arriaga*
P1837. Bienvenue en enfer, *Clarence L. Cooper*
P1838. Le Roi des fourmis, *Charles Higson*
P1839. La Dernière Arme, *Philip Le Roy*
P1840. Désaxé, *Marcus Sakey*
P1841. Opération vautour, *Stephen W. Frey*
P1842. Éloge du gaucher, *Jean-Paul Dubois*
P1843. Le Livre d'un homme seul, *Gao Xingjian*
P1844. La Glace, *Vladimir Sorokine*
P1845. Je voudrais tant revenir, *Yves Simon*
P1846. Au cœur de ce pays, *J.M. Coetzee*
P1847. La Main blessée, *Patrick Grainville*
P1848. Promenades anglaises, *Christine Jordis*
P1849. Scandale et folies.
Neuf récits du monde où nous sommes, *Gérard Mordillat*
P1850. Un mouton dans la baignoire, *Azouz Begag*
P1851. Rescapée, *Fiona Kidman*
P1852. Le Sortilège de l'ombre. Le Cycle de Deverry II
Katharine Kerr
P1853. Comment aiment les femmes. Du désir et des hommes
Maryse Vaillant
P1854. Courrier du corps. Nouvelles voies de l'anti-gymnastique
Thérèse Bertherat
P1855. Restez zen. La méthode du chat, *Henri Brunel*
P1856. Le Jardin de ciment, *Ian McEwan*
P1857. L'Obsédé (L'Amateur), *John Fowles*
P1858. Moustiques, *William Faulkner*
P1859. Givre et sang, *John Cowper Powys*
P1860. Le Bon Vieux et la Belle Enfant, *Italo Svevo*
P1861. Le Mystère Tex Avery, *Robert Benayoun*
P1862. La Vie aux aguets, *William Boyd*
P1863. L'amour est une chose étrange, *Joseph Connolly*
P1864. Mossad, les nouveaux défis, *Gordon Thomas*
P1865. 1968, Une année autour du monde, *Raymond Depardon*
P1866. Les Maoïstes, *Christophe Bourseiller*
P1867. Floraison sauvage, *Aharon Appelfeld*
P1868. Et il y eut un matin, *Sayed Kashua*
P1869. 1000 mots d'esprit, *Claude Gagnière*
P1870. Le Petit Grozda. Les merveilles oubliées du Littré
Denis Grozdanovitch
P1871. Romancero gitan, *Federico García Lorca*

P1872. La Vitesse foudroyante du passé, *Raymond Carver*
P1873. Ferrements et autres poèmes, *Aimé Césaire*
P1874. La Force qui nous manque, *Eva Joly*
P1875. Enfants des morts, *Elfriede Jelinek*
P1876. À poèmes ouverts, *Anthologie Printemps des poètes*
P1877. Le Peintre de batailles, *Arturo Pérez-Reverte*
P1878. La Fille du Cannibale, *Rosa Montero*
P1879. Blue Angel, *Francine Prose*
P1880. L'Armée du salut, *Abdellah Taïa*
P1881. Grille de parole, *Paul Celan*
P1882. Nouveaux poèmes *suivi de* Requiem, *Rainer Maria Rilke*
P1883. Dissimulation de preuves, *Donna Leon*
P1884. Une erreur judiciaire, *Anne Holt*
P1885. Honteuse, *Karin Alvtegen*
P1886. La Mort du privé, *Michael Koryta*
P1887. Tea-Bag, *Henning Mankell*
P1888. Le Royaume des ombres, *Alan Furst*
P1889. Fenêtres de Manhattan, *Antonio Muñoz Molina*
P1890. Tu chercheras mon visage, *John Updike*
P1891. Fonds de tiroir, *Pierre Desproges*
P1892. Desproges est vivant, *Pierre Desproges*
P1893. Les Vaisseaux de l'ouest. Les Monarchies divines V
Paul Kearney
P1894. Le Quadrille des assassins. La Trilogie Morgenstern I
Hervé Jubert
P1895. Un tango du diable. La Trilogie Morgenstern II
Hervé Jubert
P1896. La Ligue des héros. Le Cycle de Kraven I, *Xavier Mauméjean*
P1897. Train perdu, wagon mort, *Jean-Bernard Pouy*
P1898. Cantique des gisants, *Laurent Martin*
P1899. La Nuit de l'abîme, *Juris Jurjevics*
P1900. Tango, *Elsa Osorio*
P1901. Julien, *Gore Vidal*
P1902. La Belle Vie, *Jay McInerney*
P1903. La Baïne, *Eric Holder*
P1904. Livre des chroniques III, *António Lobo Antunes*
P1905. Ce que je sais (Mémoires 1), *Charles Pasqua*
P1906. La Moitié de l'âme, *Carme Riera*
P1907. Drama city, *George P. Pelecanos*
P1908. Le Marin de Dublin, *Hugo Hamilton*
P1909. La Mère des chagrins, *Richard McCann*
P1910. Des louves, *Fabienne Jacob*
P1911. La Maîtresse en maillot de bain. Quatre récits d'enfance
Yasmina Khadra, Paul Fournel,
Dominique Sylvain et Marc Villard
P1912. Un si gentil petit garçon, *Jean-Loup Chiflet*
P1913. Saveurs assassines. Les Enquêtes de Miss Lalli
Kalpana Swaminathan

P1914. La Quatrième Plaie, *Patrick Bard*
P1915. Mon sang retombera sur vous, *Aldo Moro*
P1916. On ne naît pas Noir, on le devient
Jean-Louis Sagot-Duvauroux
P1917. La Religieuse de Madrigal, *Michel del Castillo*
P1918. Les Princes de Francalanza, *Federico de Roberto*
P1919. Le Conte du ventriloque, *Pauline Melville*
P1920. Nouvelles chroniques au fil de l'actualité.
Encore des mots à découvrir, *Alain Rey*
P1921. Le mot qui fait mouche. Dictionnaire amusant
et instructif des phrases les plus célèbres de l'histoire
Gilles Henry
P1922. Les Pierres sauvages, *Fernand Pouillon*
P1923. Ce monde est mon partage et celui du démon
Dylan Thomas
P1924. Bright Lights, Big City, *Jay McInerney*
P1925. À la merci d'un courant violent, *Henry Roth*
P1926. Un rocher sur l'Hudson, *Henry Roth*
P1927. L'amour fait mal, *William Boyd*
P1928. Anthologie de poésie érotique, *Jean-Paul Goujon (dir.)*
P1929. Hommes entre eux, *Jean-Paul Dubois*
P1930. Ouest, *François Vallejo*
P1931. La Vie secrète de E. Robert Pendleton, *Michael Collins*
P1932. Dara, *Patrick Besson*
P1933. Le Livre pour enfants, *Christophe Honoré*
P1934. La Méthode Schopenhauer, *Irvin D. Yalom*
P1935. Echo Park, *Michael Connelly*
P1936. Les Rescapés du Styx, *Jane Urquhart*
P1937. L'Immense Obscurité de la mort, *Massimo Carlotto*
P1938. Hackman blues, *Ken Bruen*
P1939. De soie et de sang, *Qiu Xiaolong*
P1940. Les Thermes, *Manuel Vázquez Montalbán*
P1941. Femme qui tombe du ciel, *Kirk Mitchell*
P1942. Passé parfait, *Leonardo Padura*
P1943. Contes barbares, *Craig Russell*
P1944. La Mort à nu, *Simon Beckett*
P1945. La Nuit de l'infamie, *Michael Cox*
P1946. Les Dames de nage, *Bernard Giraudeau*
P1947. Les Aventures de Minette Accentiévitch
Vladan Matijeviç
P1948. Jours de juin, *Julia Glass*
P1949. Les Petits Hommes verts, *Christopher Buckley*
P1950. Dictionnaire des destins brisés du rock
Bruno de Stabenrath
P1951. L'Ère des dragons. Le Cycle de Kraven II
Xavier Mauméjean
P1952. Sabbat Samba. La Trilogie Morgenstern III
Hervé Jubert

P1953. Pour le meilleur et pour l'empire, *James Hawes*
P1954. Doctor Mukti, *Will Self*
P1955. Comme un père, *Laurence Tardieu*
P1956. Sa petite chérie, *Colombe Schneck*
P1957. Tigres et tigresses. Histoire intime des couples présidentiels sous la Ve République, *Christine Clerc*
P1958. Le Nouvel Hollywood, *Peter Biskind*
P1959. Le Tueur en pantoufles, *Frédéric Dard*
P1960. On demande un cadavre, *Frédéric Dard*
P1961. La Grande Friture, *Frédéric Dard*
P1962. Carnets de naufrage, *Guillaume Vigneault*
P1963. Jack l'éventreur démasqué, *Sophie Herfort*
P1964. Chicago banlieue sud, *Sara Paretsky*
P1965. L'Illusion du péché, *Alexandra Marinina*
P1966. Viscéral, *Rachid Djaïdani*
P1967. La Petite Arabe, *Alicia Erian*
P1968. Pampa, *Pierre Kalfon*
P1969. Les Cathares. Brève histoire d'un mythe vivant *Henri Gougaud*
P1970. Le Garçon et la Mer, *Kirsty Gunn*
P1971. L'Heure verte, *Frederic Tuten*
P1972. Le Chant des sables, *Brigitte Aubert*
P1973. La Statue du commandeur, *Patrick Besson*
P1974. Mais qui est cette personne allongée dans le lit à côté de moi ?, *Alec Steiner*
P1975. À l'abri de rien, *Olivier Adam*
P1976. Le Cimetière des poupées, *Mazarine Pingeot*
P1977. Le Dernier Frère, *Nathacha Appanah*
P1978. La Robe, *Robert Alexis*
P1979. Le Goût de la mère, *Edward St Aubyn*
P1980. Arlington Park, *Rachel Cusk*
P1981. Un acte d'amour, *James Meek*
P1982. Karoo boy, *Troy Blacklaws*
P1983. Toutes ces vies qu'on abandonne, *Virginie Ollagnier*
P1984. Un peu d'espoir. La trilogie Patrick Melrose *Edward St Aubyn*
P1985. Ces femmes qui nous gouvernent, *Christine Ockrent*
P1986. Shakespeare, la biographie, *Peter Ackroyd*
P1987. La Double Vie de Virginia Woolf *Geneviève Brisac, Agnès Desarthe*
P1988. Double homicide, *Faye et Jonathan Kellerman*
P1989. La Couleur du deuil, *Ravi Shankar Etteth*
P1990. Le Mur du silence, *Hakan Nesser*
P1991. Mason & Dixon, *Thomas Pynchon*
P1992. Allumer le chat, *Barbara Constantine*
P1993. La Stratégie des antilopes, *Jean Hatzfeld*
P1994. Mauricio ou les Élections sentimentales *Eduardo Mendoza*

P1995. La Zone d'inconfort. Une histoire personnelle
Jonathan Franzen
P1996. Un goût de rouille et d'os, *Craig Davidson*
P1997. La Porte des larmes. Retour vers l'Abyssinie
Jean-Claude Guillebaud, Raymond Depardon
P1998. Le Baiser d'Isabelle.
L'aventure de la première greffe du visage
Noëlle Châtelet
P1999. Poésies libres, *Guillaume Apollinaire*
P2000. Ma grand-mère avait les mêmes.
Les dessous affriolants des petites phrases
Philippe Delerm
P2001. Le Français dans tous les sens, *Henriette Walter*
P2002. Bonobo, gazelle & Cie, *Henriette Walter, Pierre Avenas*
P2003. Noir corbeau, *Joel Rose*
P2004. Coupable, *Davis Hosp*
P2005. Une canne à pêche pour mon grand-père
Gao Xingjian
P2006. Le Clocher de Kaliazine, Études et miniatures
Alexandre Soljenitsyne
P2007. Rêveurs, *Knut Hamsun*
P2008. Pelures d'oignon, *Günter Grass*
P2009. De l'aube au crépuscule, *Rabindranath Tagore*
P2010. Les Sept Solitudes de Lorsa Lopez, *Sony Labou Tansi*
P2011. La Première Femme, *Nedim Gürsel*
P2012. Le Tour du monde en 14 jours, 7 escales, 1 visa
Raymond Depardon
P2013. L'Aïeul, *Aris Fakinos*
P2014. Les Exagérés, *Jean-François Vilar*
P2015. Le Pic du Diable, *Deon Meyer*
P2016. Le Temps de la sorcière, *Arni Thorarinsson*
P2017. Écrivain en 10 leçons, *Philippe Ségur*
P2018. L'Assassinat de Jesse James par le lâche Robert Ford
Ron Hansen
P2019. Tu crois que c'est à moi de rappeler ?
Transports parisiens 2, *Alec Steiner*
P2020. À la recherche de Klingsor, *Jorge Volpi*
P2021. Une saison ardente, *Richard Ford*
P2022. Un sport et un passe-temps, *James Salter*
P2023. Eux, *Joyce Carol Oates*
P2024. Mère disparue, *Joyce Carol Oates*
P2025. La Mélopée de l'ail paradisiaque, *Mo Yan*
P2026. Un bonheur parfait, *James Salter*
P2027. Le Blues du tueur à gages, *Lawrence Block*
P2028. Le Chant de la mission, *John le Carré*
P2029. L'Ombre de l'oiseau-lyre, *Andres Ibañez*
P2030. Les Arnaqueurs aussi, *Laurent Chalumeau*
P2031. Hello Goodbye, *Moshé Gaash*

P2032. Le Sable et l'Écume et autres poèmes
Khalil Gibran
P2033. La Rose et autres poèmes, *William Butler Yeats*
P2034. La Méridienne, *Denis Guedj*
P2035. Une vie avec Karol, *Stanislao Dziwisz*
P2036. Les Expressions de nos grands-mères
Marianne Tillier
P2037. *Sky my husband !* The integrale/Ciel mon mari ! L'intégrale, *Dictionary of running english/* Dictionnaire de l'anglais courant, *Jean-Loup Chiflet*
P2038. Dynamite road, *Andrew Klavan*
P2039. Classe à part, *Joanne Harris*
P2040. La Dame de cœur, *Carmen Posadas*
P2041. En retard pour la guerre, *Valérie Zenatti*
P2042. 5 octobre, 23h33, *Donald Harstad*
P2043. La Griffe du chien, *Don Wislow*
P2044. Les Nouvelles Enquêtes du juge Ti, vol. 6
Mort d'un cuisinier chinois
Frédéric Lenormand
P2045. Divisadero, *Michel Ondaatje*
P2046. L'Arbre du dieu pendu, *Alejandro Jodorowsky*
P2047. Découpé en tranches, *Zep*
P2048. La Pension Eva, *Andrea Camilleri*
P2049. Le Cousin de Fragonard, *Patrick Roegiers*
P2050. Pimp, *Iceberg Slim*
P2051. Graine de violence, *Evan Hunter (alias Ed McBain)*
P2052. Les Rêves de mon père. Un héritage en noir et blanc
Barack Obama
P2053. Le Centaure, *John Updike*
P2054. Jusque-là tout allait bien en Amérique,
Chroniques de la vie américaine 2, *Jean-Paul Dubois*
P2055. Les juins ont tous la même peau.
Rapport sur Boris Vian, *Chloé Delaume*
P2056. De sang et d'ébène, *Donna Leon*
P2057. Passage du désir, *Dominique Sylvain*
P2058. L'Absence de l'ogre, *Dominique Sylvain*
P2059. Le Labyrinthe grec, *Manuel Vázquez Montalbán*
P2060. Vents de carême, *Leonardo Padura*
P2061. Cela n'arrive jamais, *Anne Holt*
P2062. Un sur deux, *Steve Mosby*
P2063. Monstrueux, *Natsuo Kirino*
P2064. Reflets de sang, *Brigitte Aubert*
P2065. Commis d'office, *Hannelore Cayre*
P2066. American Gangster, *Max Allan Collins*
P2067. Le Cadavre dans la voiture rouge
Ólafur Haukur Símonarson
P2068. Profondeurs, *Henning Mankell*

P2069. Néfertiti dans un champ de canne à sucre
Philippe Jaenada
P2070. Les Brutes, *Philippe Jaenada*
P2071. Milagrosa, *Mercedes Deambrosis*
P2072. Lettre à Jimmy, *Alain Mabanckou*
P2073. Volupté singulière, *A.L. Kennedy*
P2074. Poèmes d'amour de l'Andalousie à la mer Rouge
Poésie amoureuse hébraïque
P2075. Quand j'écris je t'aime
suivi de Le Prolifique et Le Dévoreur
W.H. Auden
P2076. Comment éviter l'amour et le mariage
Dan Greenburg, Suzanne O'Malley
P2077. Le Fouet, *Martine Rofinella*
P2078. Cons, *Juan Manuel Prada*
P2079. Légendes de Catherine M., *Jacques Henric*
P2080. Le Beau Sexe des hommes, *Florence Ehnuel*
P2081. G., *John Berger*
P2082. Sombre comme la tombe où repose mon ami
Malcolm Lowry
P2083. Le Pressentiment, *Emmanuel Bove*
P2084. L'Art du roman, *Virginia Woolf*
P2085. Le Clos Lothar, *Stéphane Héaume*
P2086. Mémoires de nègre, *Abdelkader Djemaï*
P2087. Le Passé, *Alan Pauls*
P2088. Bonsoir les choses d'ici-bas
António Lobo Antunes
P2089. Les Intermittences de la mort, *José Saramago*
P2090. Même le mal se fait bien, *Michel Folco*
P2091. Samba Triste, *Jean-Paul Delfino*
P2092. La Baie d'Alger, *Louis Gardel*
P2093. Retour au noir, *Patrick Raynal*
P2094. L'Escadron guillotine, *Guillermo Arriaga*
P2095. Le Temps des cendres, *Jorge Volpi*
P2096. Frida Khalo par Frida Khalo, Lettres 1922-1954
Frida Khalo
P2097. Anthologie de la poésie mexicaine
Claude Beausoleil
P2098. Les Yeux du dragon, petits poèmes chinois, *Anthologie*
P2099. Seul dans la splendeur, *John Keats*
P2100. Beaux Présents, Belles Absentes, *Georges Pérec*
P2101. Les Plus Belles Lettres du professeur Rollin
Ou comment écrire au roi d'Espagne
pour lui demander la recette du Gaspacho
François Rollin
P2102. Répertoire des délicatesses du français contemporain
Renaud Camus

P2103. Un lien étroit, *Christine Jordis*
P2104. Les Pays lointains, *Julien Green*
P2105. L'Amérique m'inquiète.
Chroniques de la vie américaine 1
Jean-Paul Dubois
P2106. Moi je viens d'où *suivi de* C'est quoi l'intelligence
et de E = CM2, *Albert Jacquard, Marie-José Auderset*
P2107. Moi et les autres, initiation à la génétique
Albert Jacquard
P2108. Quand est-ce qu'on arrive ?, *Howard Buten*
P2109. Tendre est la mer, *Philip Plisson, Yann Queffélec*
P2110. Tabarly, *Yann Queffélec*
P2111. Les Hommes à terre, *Bernard Giraudeau*
P2112. Le Phare appelle à lui la tempête et autres poèmes
Malcom Lowry
P2113. L'Invention des Désirades et autres poèmes
Daniel Maximin
P2114. Antartida, *Francisco Coloane*
P2115. Brefs aperçus sur l'éternel féminin, *Denis Grozdanovitch*
P2116. Le Vol de la mésange, *François Maspero*
P2117. Tordu, *Jonathan Kellerman*
P2118. Flic à Hollywood, *Joseph Wambaugh*
P2119. Ténébreuses, *Karin Alvtegen*
P2120. La Chanson du jardinier, Les Enquêtes de Miss Lalli
Kalpana Swaminathan
P2121. Portrait de l'écrivain en animal domestique
Lydie Salvayre
P2122. In memoriam, *Linda Lê*
P2123. Les Rois écarlates, *Tim Willocks*
P2124. Arrivederci amore, *Massimo Carlotto*
P2125. Les Carnets de monsieur Manatane
Benoît Poelvoorde, Pascal Lebrun
P2126. Guillon aggrave son cas, *Stéphane Guillon*
P2130. Porno, *Irvine Welsh*
P2131. Jubilee, *Margaret Walker*
P2041. Ultimatum (En retard pour la guerre), *Valérie Zénatti*
P2153. Belle-sœur, *Patrick Besson*
P2127. Le Manuel du parfait petit masochiste
Dan Greenburg, Marcia Jacobs
P2128. Shakespeare et moi, *Woody Allen*
P2129. Pour en finir une bonne fois pour toutes avec la culture
Woody Allen
P2130. Porno, *Irvine Welsh*
P2131. Jubilee, *Margaret Walker*
P2132. Michael Tolliver est vivant, *Armistead Maupin*
P2133. Le Saule, *Hubert Selby Jr*
P2134. Les Européens, *Henry James*

P2135. Comédie new-yorkaise, *David Schickler*
P2136. Professeur d'abstinence, *Tom Perrotta*
P2137. Haut vol : histoire d'amour, *Peter Carey*
P2138. Le Siffleur, *Laurent Chalumeau*
P2139. La Danseuse de Mao, *Qiu Xiaolong*
P2140. L'Homme délaissé, *C. J. Box*
P2141. Les Jardins de la mort, *George P. Pelecanos*
P2142. Avril rouge, *Santiago Roncagliolo*
P2143. Ma Mère, *Richard Ford*
P2144. Comme une mère, *Karine Reysset*
P2145. Titus d'Enfer. La Trilogie de Gormenghast, 1
Mervyn Peake
P2146. Gormenghast. La Trilogie de Gormenghast, 2
Mervyn Peake
P2147. Au monde.
Ce qu'accoucher veut dire : une sage-femme raconte...
Chantal Birman
P2148. Du plaisir à la dépendance.
Nouvelles thérapies, nouvelles addictions
Michel Lejoyeux
P2149. Carnets d'une longue marche.
Nouvelle marche d'Istanbul à Xi'an
Bernard Ollivier, François Dermaut
P2150. Treize Lunes, *Charles Frazier*
P2151. L'Amour du français.
Contre les puristes et autres censeurs de la langue
Alain Rey
P2152. Le Bout du rouleau, *Richard Ford*
P2153. Belle-sœur, *Patrick Besson*
P2154. Après, Fred Chichin est mort, *Pascale Clark*
P2155. La Leçon du maître et autres nouvelles, *Henry James*
P2156. La Route, *Cormac McCarthy*
P2157. À genoux, *Michael Connelly*
P2158. Baka !, *Dominique Sylvain*
P2159. Toujours L.A., *Bruce Wagner*
P2160. C'est la vie, *Ron Hansen*
P2161. Groom, *François Vallejo*
P2162. Les Démons de Dexter, *Jeff Lindsay*
P2163. Journal 1942-1944, *Hélène Berr*
P2164. Journal 1942-1944 (édition scolaire), *Hélène Berr*
P2165. Pura vida. Vie et Mort de William Walker, *Patrick Deville*
P2166. Terroriste, *John Updike*
P2167. Le Chien de Dieu, *Patrick Bard*
P2168. La Trace, *Richard Collasse*
P2169. L'Homme du lac, *Arnaldur Indridason*
P2170. Et que justice soit faite, *Michael Koryta*
P2171. Le Dernier des Weynfeldt, *Martin Suter*

P2172. Le Noir qui marche à pied, *Louis-Ferdinand Despreez*
P2173. Abysses, *Frank Schätzing*
P2174. L'Audace d'espérer. Un nouveau rêve américain
Barack Obama
P2175. Une Mercedes blanche avec des ailerons
James Hawes
P2176. La Fin des mystères, *Scarlett Thomas*
P2177. La Mémoire neuve, *Jérôme Lambert*
P2178. Méli-vélo. Abécédaire amoureux du vélo, *Paul Fournel*
P2179. Le Prince des braqueurs, *Chuck Hogan*
P2180. Corsaires du levant, *Arturo Pérez-Reverte*
P2181. Mort sur liste d'attente, *Veit Heinichen*
P2182. Héros et tombes, *Ernesto Sabato*
P2183. Teresa l'après-midi, *Juan Marsé*
P2184. Titus errant. La Trilogie de Gormenghast, 3
Mervyn Peake
P2185. Julie et Julia. Sexe, blog et bœuf bourguignon
Julie Powell
P2186. Le Violon d'Hitler, *Igal Shamir*
P2187. La Mère qui voulait être femme, *Maryse Wolinski*
P2188. Le Maître d'amour, *Maryse Wolinski*
P2189. Les Oiseaux de Bangkok, *Manuel Vázquez Montalbán*
P2190. Intérieur Sud, *Bertrand Visage*
P2191. L'Homme qui voulait voir Mahona, *Henri Gougaud*
P2192. Écorces de sang, *Tana French*
P2193. Café Lovely, *Rattawut Lapacharoensap*
P2194. Vous ne me connaissez pas, *Joyce Carol Oates*
P2195. La Fortune de l'homme et autres nouvelles
Anne Brochet
P2196. L'Été le plus chaud, *Zsuzsa Bánk*
P2197. Ce que je sais… Un magnifique désastre 1988-1995.
Mémoires 2, *Charles Pasqua*
P2198. Ambre, vol. 1, *Kathleen Winsor*
P2199. Ambre, vol. 2, *Kathleen Winsor*
P2200. Mauvaises Nouvelles des étoiles, *Serge Gainsbourg*
P2201. Jour de souffrance, *Catherine Millet*
P2202. Le Marché des amants, *Christine Angot*
P2203. L'État des lieux, *Richard Ford*
P2204. Le Roi de Kahel, *Tierno Monénembo*
P2205. Fugitives, *Alice Munro*
P2206. La Beauté du monde, *Michel Le Bris*
P2207. La Traversée du Mozambique par temps calme
Patrice Pluyette
P2208. Ailleurs, *Julia Leigh*
P2210. Trans, *Pavel Hak*
P2211. Peut-être une histoire d'amour, *Martin Page*
P2212. Peuls, *Tierno Monénembo*